西村京太郎

十津川警部 出雲伝説と木次線

実業之日本社

実業之日本社文庫

十津川警部　出雲《いずも》伝説と木次《きすき》線／目　次

十津川警部
出雲伝説と木次線

第一章　出雲横田駅

1

　木次線と書いて、「きすきせん」と読む。木次線は山陰《さんいん》本線の宍道《しんじ》駅から、芸備《げいび》線に接続する備後落合《びんごおちあい》駅までの八十一・九キロを結ぶローカル線である。普通は、ある駅と駅との間を結ぶ線ということで、両方の駅の名前を取って路線の名称にすることが多い。

　例えば、仙台《せんだい》から石巻《いしのまき》まで走る路線が「仙石線《せんせき》」と名付けられるようなものである。その点、木次線には木次駅があるが終点という訳ではなくて、単に途中にある駅である。もっとも、最初に走ったのは宍道駅から木次駅までで、私鉄だったことを考えればその時は木次駅が終点だったから、そのせいで木次線と名前を付けたのかも知れない。

とにかくこの木次線、乗ってみればこの路線が出雲《いずも》神話そのものの路線だということがわかってくる。つまり、奥出雲の山の中を走る文字どおりローカル線である。木次線の駅の数は十八だが、その内の五つの駅に「出雲」という名前が付いている。出雲大東《だいとう》、出雲八代《やしろ》、出雲三成《みなり》、出雲横田《よこた》、出雲坂根《さかね》である。この木次線は出雲と関係があり、また出雲神話に彩《いろど》られた不思議な路線ということができる。

高木英介《たかぎえいすけ》は、三十五歳。カメラ片手に日本中、あるいは海外を歩きまわる、いわゆる旅行作家である。今回、旅行雑誌から頼まれたのは、木次線の取材だった。数年前にも高木は木次線を取材していて、駅や列車のことは覚えているが、細かいことはほとんど忘れてしまっていて、自分のためにも木次線の取材は楽しくなりそうだと思った。木次線のどこを取材するかについては、編集者と打ち合わせをしたのだが、結局、

「高木さんの目を信用しますから、あなたがこれはと思う所を取材して提供して

下さい」
と、いうことになった。
木次線のどこを見てきたらよいかを高木なりに考え、手帳に書き留めた。
一、出雲神話
二、三段スイッチバック
三、出雲蕎麦《そば》
四、奥出雲おろち号
五、ヤマタノオロチと斐伊川《ひいかわ》
六、駅として木次駅・出雲横田駅・八川《やかわ》駅・出雲坂根駅
他にも見たい所はあるが、雑誌一回分の取材である。現場に行けば、もっと心に残る景色、人間に出会うかも知れない。そんな気持ちで、四月二十日、高木は東京駅を出発し、まず、松江《まつえ》に向かった。

高木は木次線に入ったらまず木次で降りることにした。この木次の町の桜並木が「日本さくら名所100選」にも入っていて、取材の必要ありと思っていたからである。何しろ町内に五万本といわれる桜がある。それにもう一つ、この駅か

ら例の「奥出雲おろち号」が発車していることもあった。

五万本の桜の方は、確かに壮観だった。が残念ながら、遅咲きの御衣黄《ぎょいこう》はまだ二分咲きか三分咲きといった所だった。人もあまり出ていなかった。それでも高木は何枚か写真を撮り、駅へ引き返した。もう一つの取材対象である「奥出雲おろち号」は、すでにホームに入っていた。特急列車ではなくて、観光列車である。何となく、劇画か漫画に登場するような列車である。客席が二両、それを牽引《けんいん》するのはディーゼル機関車である。面白いのは、その機関車のヘッドマークだった。大きなヘッドマークに、「おろち」の絵が描かれている。そのおろちも、怖いおろちではなくて、漫画チックだから子供が喜ぶだろう、と高木が思った通り、客車には家族連れが多かった。

動き出すと、この辺りから列車は、山の中へと入っていく。トンネルが続く。最初の内、高木は窓ガラスのないトロッコ車両の方にいたのだが、風が冷たくなってきたので窓のある客車の方に移った。亀嵩《かめだけ》駅に着く。ここは、松本清張《まつもとせいちょう》の小説でも有名だが、同時に蕎麦でも有名である。

停車時間が短いので、蕎麦を食べたければあらかじめ注文しておくより他にない。高木もそうしたので、駅長の格好をした店長さんが、わざわざ列車まで蕎麦を持って来てくれた。高木は次の出雲横田駅で降りることにしているので急いで食べる。出雲横田駅で高木は降りた。この駅も、木次線の中では主要駅の一つである。駅舎が大社造《たいしゃづく》り風になっていて、正面には、大きな注連縄《しめなわ》が飾ってあった。なんでも、駅員が苦労して結ったのだという。見事な物である。

出雲横田も山の中の小さな町だが、見所は多い。ここは大社造り風の駅のほかに、昔ながらの「たたら製鉄」の伝統が生きていることでも有名だ。それに、もう一つは、日本の二大産地のひとつといわれる算盤《そろばん》の生産地でもある。高木は何日か前にテレビで、算盤好きの外国人が、わざわざアメリカからここの算盤作りを見に来たというのを思い出した。

その二ケ所の取材をすませてから、高木はついでにこの町の外れにある、船通《せんつう》山《ざん》に向かった。その山麓で、素戔嗚尊《すさのおのみこと》がヤマタノオロチを退治したという伝説を聞いたからである。周辺の写真を撮ってから、高木は駅に戻った。この先で、三段のスイッチバックを写真に撮りたかったからである。木次線では出雲横田の先から、列車の本数が少なくなる。駅の時刻表を見て次の列車まで時間があるので、高木は駅員から、話を聞くことにした。

この出雲横田駅は無人駅ではなく駅員がいる。かなりのお年で、出雲神話に詳しいだろうという感じが、話を聞く気持ちにさせたのだ。

「この辺りは、神話の里といわれていますが、そのことで少しお話を聞かせて貰《もら》えませんか」

と、高木が声をかけると駅員は、

「まあ、お茶でも飲みながら」

と、お茶を入れてくれた。温かいお茶を飲んでから、高木は疑問に思っていたことを聞いてみた。

「『古事記』なんかによると、最初の内、大和《やまと》朝廷と出雲王朝とは、仲が悪かった。戦争もあった。その後和解して、その印として出雲大社が造られた。そんな風に読んだんですが、白兎《しろうさぎ》の話とか国引きの話はいずれも、出雲の海岸の方にあるじゃありませんか。それなのに、どうして出雲神話の里というのは、海とは逆の、山の中にあるんでしょうか？　ヤマタノオロチの話も山の中だし、素戔嗚尊が結婚するクシナダヒメも山の中で見初《みそ》めたわけでしょう？　そうした話は何で、海の方にないんですか？」

と聞いた。

「ヤマタノオロチの話ですが、私は本当に、素戔嗚尊がヤマタノオロチを退治したとは思っていないんです」

と、駅員がいった。

「そうでしょうね。あれは神話だから」

と、高木がいってから、

「さっき、ヤマタノオロチを退治したという場所を見て来ました。船通山です」

「私はそこで、大和朝廷と出雲王朝とが戦いをしたと思っているんです」

と駅員は、続けて、

「諏訪《すわ》に、行かれたことはありますか？　長野県の諏訪大社です」

「かなり前に行ったことがありますよ。諏訪湖が、ヘドロで汚れたというのを、取材に行きました」

「あの周辺には、諏訪信仰というのがあるんですよ。諏訪大社に祀《まつ》られているのは、出雲系の神だといわれているんです。大和朝廷と出雲王朝との争いはただ単に、出雲の周辺だけで行われたのではなく、長野県の諏訪湖の周辺でも、戦いはあったということです。今では、諏訪大社に祀られている神は、戦の神といわれていますから、かなり戦が上手《うま》かった。島根から、長野まで逃げて、さらに頑強に大和朝廷と戦ったんだと思っています。私も大和朝廷と出雲王朝との戦いというのには興味がありましてね。諏訪にも行ってきました。そうしたら、諏訪湖の近くで大国主命《おおくにぬしのみこと》の子が最後の戦いをしているんです。そこでとうとう、降伏した。出雲大社の辺りから、大国主命の子が、大和朝廷と戦いを続けながら諏訪湖の周辺まで逃げてきた。国をまたぐ戦いですからね。簡単な戦いだったとは思えません。だから、二つの国の話は、どうしてもギクシャクしてしまうので、海の近くでは、仲の良かった神話が生まれ、戦いの激しかった山の方では、戦いのストーリーになってしまったんでしょうね」

と、駅員がいう。なかなか歴史好きの感じだった。

「そうすると、大和朝廷と出雲王朝は対等な条件で和睦したことになりますか?」

と高木が聞いた。

「一応は対等でしょうね。だから出雲の国は島根の半分を占める大きさなんです。

それでも、ところどころで差を付けられています」

「どんな所ですか？」

「出雲大社と呼ばれていますが、『出雲神宮』とは呼ばれてはいません」

と駅員がいう。

「名前のつけ方に違いがあるんですか」

「いいですか、日本の天皇は天照大神《あまてらすおおみかみ》から延々と続いています。天皇が亡くなって祀られると、その神社は『宮』という名前で呼ばれるんです。伊勢《いせ》神宮とか、明治《めいじ》神宮とか橿原《かしはら》神宮とかです。神社には、それぞれ独特な呼び方があって、天皇以外が祀られると最高は大社であって、宮ではないんです」

「しかし、日光東照宮《にっこうとうしょうぐう》があるじゃありませんか？　あれは徳川家康《とくがわいえやす》を祀った社で、天皇の社じゃありませんよ」

と、高木が、いった。

「確かにその通りですがもう一つ、天皇以外を祀った神社で天満宮《てんまんぐう》が、宮と呼ばれています。天満宮の場合は、菅原道真《すがわらのみちざね》が讒言《ざんげん》にあって都から流され、都に帰ることができずに憤死したといわれています。そのため、さまざまな災いが起きています。そこで道真の霊の怒りをしずめるためにわざわざ天皇と同じ、宮という名前を付けたといわれています。日光東照宮の方は、天皇を祀る神社ではないので、日光東照社と呼ばれていたといわれます。しかし、家康の家臣たちがしばしば、京都の朝廷に対して神社の名称を天皇と同じにして欲しいと談判し、とうとう、朝廷の方が、根負けして東照宮という名前を付けることを許可したといいます。この二人以外で、宮と呼ばれているものはありません。他にも、『日本書紀』では、素戔嗚尊の『ミコト』という字は『尊』と書きますね。しかし、大国主命の場合は『命』です。これも差別といえば差別だと、私は思っています。大和朝廷と出雲王朝とはきちんと分けて、差別した歴史が作られているんだと、私は思っています」

と、駅員は、能弁だった。

ひと息ついた所で高木は、腕時計を見た。これからまだ取材しなければならない所が何ケ所かある。しかし列車の便数も少ないし、今のままでは、夕方になってしまうだろう。そこで、残りの取材は明日にまわすことにした。そのあとは、心理的にゆっくりと、構えて駅員と、もう少し話すことにした。

「名前の違いも気になりますね」

と、高木がいった。

「例えば、『スサノオノミコト』でも同じ読み方をしても、字が違いますね。それから、素戔嗚尊が使ったという『草薙剣《くさなぎのつるぎ》』にしても、『草薙剣』といったり『天叢雲剣《あまのむらくものつるぎ》』といったりする。これもやはり大和朝廷と出雲王朝との違いをつけているんでしょうか？」

と高木が聞いた。

「他に考えようがありませんね。何しろ『古事記』の方は、大和朝廷が作成した物語ですから、征服者の面が出てしまうんでしょうね。立場が逆の二つの神話を何とかつなごうとしたんでしょうから、大変だったと思いますよ」

と、駅員が、いった。

高木も、日頃、勝手に考えていたことを、喋《しゃべ》った。

「大和朝廷と、出雲王朝では、他にも違いがありますね」

と、高木は、続けて、

「例えば、伊勢神宮は、二十年ごとの遷宮ですが、出雲大社は、六十年ごとの遷宮です。その年数の違いも気になりますが、私が、一番気になるのは、出雲大社の造りなんです」

「どんな風に気になるんですか？」

「出雲大社は、『古事記』の中の国譲り神話で、天照大神が、大国主命から、葦原中国《あしはらのなかつくに》を譲り受け、その時、出雲多芸志《たぎし》の小浜に『天の御舎《みあらか》』を造り与えたことが起こりだといわれています。それで、出雲大社には、大国主命が鎮《しず》まるといわれますが私が関心があるのは、その大きさです。何しろ、本殿は、二十四メートルの高さです」

「いや、最初は、もっと高かったといわれています」

「それも気になるんですよ。もっと高い、四十八メートルもあったというんでしょう。中には九十メートルだったという説もある。そして、『古事記』では、国譲りのご褒美《ほうび》として、天照大神が大神主命に与えたことになっています」

「別に不思議はないでしょう。とにかく、国譲りですからね。それに対してのお礼だから、あれだけの大きな神社は、当然でしょう。それに、実際にはもっと高い、階段が何十段もある建物だったんですよ」

「それが、なおさら、不思議な気がするんです」

と、高木が、いった。

「どこがですか？　ご褒美にしては、大きすぎると思うんですか？」

「いや、高すぎるんです」

「大きすぎると、どこが、違うんですか？」

「何十段もある階段を登らなければならない。単に広いのなら、簡単に、まわれますがね」

「よく、意味がわかりませんが？」

と、駅員は、首をかしげた。

「伊勢神宮には、何十段もの階段はありません」

「それが、どうだというんですか？」

「伊勢神宮には、高い階段は、必要ないんです」

「どうもよくわかりませんが？」

「大和朝廷の伊勢神宮には、高い階段は、必要なかったんです」

「具体的に話してくれませんか」

「天孫降臨ですよ」

と、高木が、いった。

「天孫降臨？」

「いいですか。大和朝廷を作った神々は、天から雲に乗って、自由に、降りてくることが、出来たんです。だから、高い階段は、必要なかったんですよ。ところが、出雲王朝の大国主命には、それができなかった。だから、天照大神は、ご褒美に与えた神社には、高い階段をつけ与えたんだと思いますよ。雲に乗って上がったり、下ったりできないからです」

「天孫降臨は、神話でしょう？」

「もちろん、神話です。例え話です。だから、例えば、こんな話かも知れません。天照大神は、御殿の一番奥に住んでいる。弟のスサノオたちは途中の関所を素通りで、天照大神に会えるが、他の王朝の大国主命は何十とある関所でいちいち審査を受ける必要がある。その関所の数を、階段の数にして、大国主命たちに、示したんじゃないですかね？　勝者と敗者とは、それだけ違うんだと」

「なるほど。出雲王朝の人たちは、本殿に登るために、何十段もの階段を上がりながら、否応《いやおう》なしに、自分たちと大和朝廷の間に造られた差別を感じていたというわけですね」

「大和朝廷が、感じさせたというのが正しいかも知れませんよ。最初は四十八メートルだったのが二十四メートルになっているんだから、ずいぶん、格差が縮まってきていたんじゃありませんか」

「なるほど、そういう見方もあるわけですか」

と、駅員は、感心した顔をしている。

「これ、あくまでも私の勝手な想像で、明日は、現実のさまざまな格差を見てきますよ」

と、高木は、いった。

「明日は、何を見に行かれるんですか？」

「まず、三段スイッチバックを見るつもりです」

「それでは、今夜は、この近くに宿泊するわけですね？」

「いや、一回、松江に戻るつもりです」

「どうしてですか？　三段スイッチバックは、ついこの先ですよ」

「わかっていますが、私の仕事はあくまでも、出雲神話と、木次線ですから、もう一度、松江から出発したいのです」

と、高木は、言った。

他にも気になったのは、駅舎のテーブルにあった、表紙に「旅のフレンド」と書かれたノートだった。いわゆる思い出ノートに見えたので、

「あのノートは、こちらの駅で用意したものですか？」

と、聞いてみた。

「いや、いつの間にか置いてあったんで、旅行者の誰かが置いたんでしょう。別に邪魔にもならないので、そのままにしてあります」

と、駅員は、いった。

高木が念のために、手に取って広げると、よくある「思い出」が、書かれていた。

今日、神話の里に来ました。

28歳　男　東京

名物のおそば、ゲットした。うまかった。

高校二年　K・N

確かに邪魔になるものではなかった。

その日高木は、言葉通り松江のホテルに泊まり、翌日は、二両編成の普通車に、乗った。

その日は、ウィークデイだったが、それでも、「奥出雲おろち号」は、満員だと聞いた。

出雲横田駅ではホームで手を振っている駅員にあいさつし、二つ先の出雲坂根駅に向かった。

鉄道マニアがよく知っている三段スイッチバックは、この駅から始まるのだ。

とにかく、深い山の中のスイッチバックである。高木が、木次線のスイッチバックに注目したのは、最近の車両が性能がよくなって、スイッチバックの必要がなくなっていくからである。

また、スイッチバックが残っていても、特急列車は、スイッチバックもせずに、通過してしまうことが多くなっている。これが全国的な傾向だった。

その点、特急列車の走っていない木次線である。どの列車も否応なしに三段スイッチバックを走る。

出雲坂根駅には他に、木次線名物の「延命水」がある。

この延命水を飲んで、百歳まで生きた狸《たぬき》がいたというのである。ホームの端に、延命水が涌《わ》き出ていて、伝説の狸の像が立っている。

短い停車時間だが、延命水のことを知っている乗客は、停車と同時に急いでホームに降り、延命水に向かって走る。

高木も、取材があるので、飛び降りるようにして、延命水を飲んだ。さすがに、深い山の中の湧き水である。ひやりと冷たい。

列車が、発車する。と、いっても、ここからは、まずバックである。バックと前進を繰り返すのだ。

方向を変える度に運転士が、列車内を、駆ける。三段だから、大変である。一〇〇〇分の三〇の勾配だと教えられた。

次の三井野原《みいのはら》駅で窓から見下ろすと、延命水を飲んだ出雲坂根駅が、はるか下方に見えた。

この三井野原駅は、木次線で、最高の標高七二六メートルにある。

それでも、山の頂上にあるわけでなくて、駅があるのは、山の中腹である。雪の深い所らしく近くに「スノーシェッド（雪よけのトンネル）」がある。

ここから先は、終点の備後落合が近い。

終点までこのディーゼル・カーに乗ってきたのは、高木だけだった。

それでも駅そのものは、かなり大きい。芸備線への乗り換え駅でもあるからだ。ここで乗り換えれば、日本海の江津《ごうつ》にも出られるし、伯備《はくび》線に乗り継いで、瀬戸内の倉敷《くらしき》にも、福塩《ふくえん》線経由なら福山《ふくやま》にも出ることができる。

そのどこへ出ようかと、考えた。山陽に出れば、新幹線も利用できる。だが、高木はいろいろ考えてから今乗ってきた列車で、戻ることにした。

取材の目的は、あくまでも出雲神話の世界と、木次線だったからである。

それに、出雲横田駅にあったノートのことを思い出したのだった。旅の思い出というやつである。神話だけより、俗っぽいことも入れておいた方が面白いのではないかと考えたのである。

今度は、逆に、三段スイッチバックを下りることになった。相変わらず、運転士は、車内を走っている。

出雲横田で降りた。二度目である。

例の駅員は、高木を大歓迎してくれた。

すぐ、お茶を出してくれながら、

「三段スイッチバックは、どうでした？」

と、聞く。

「多分、日本の中で、一番最後まで残るスイッチバックだと思いますね」

「これで、お仕事は、終わったんですか？」

「大体、終わりました。ただ、最後に、ここにあるノートのことも、入れようかなと思ったんです」

「俗っぽいといっておられたんじゃなかったですか？」

と、駅員が、首をかしげた。

「だから、取材の中に入れようかと思ったんです。神話ばかりでは、面白くないかと思いまして。今日は、どのくらいの人がこの駅に来たんですか？」

と、高木は、聞いた。

「団体が二組も来ました。他に、バラバラに何人かです」

「それなら、あのノートに記入した人も何人かいたんじゃありませんか？」

「どうですかねえ。一人か二人で来た人は、意外にノートに書いていくんですが、団体さんは、ノートに思い出を書くより、おしゃべりしてますからね。名物蕎麦を食べたとか、三段スイッチバックは、楽しかったとかね。お年寄りは、延命水の話ですね。中には、水筒を用意していて、汲《く》んで帰るという人もいますよ」

と、いう。

駅員と、名物蕎麦の話とか、出雲神話の続きを喋っているうちに、列車が到着し、駅員は、ホームに飛び出して行った。

高木は、その間に、机の上のノート「旅のフレンド」を、手に取った。

今日は四月二十一日である。

ページをくると、三人が、新しく感想文を載《の》せていた。

いずれもよくある平凡な感想文だった。

昨日、三段式スイッチバックを見てきました。今日、これから、もう一度、見に行くつもりです。

東京　男　二十八歳

亀嵩駅では、「奥出雲おろち号」にだけ、ホームで名物そばが販売されていて、食べることができた。うれしかった。

静岡　女　二十一歳

出雲坂根駅で延命水を飲むと、何歳、長生きが、できるのか教えて下さい。

東京　十六歳。高校生

（一般の旅行者は、まあ、こんなものか）

と、思いながら、高木は、ノートを手に取って、パラパラめくっていたが、急に、その手が止まった。

最後のページ。そこに、太い字で、次のように書かれていたからである。

六十年ごとの御遷宮「平成の大遷宮」が平成二十八年に、境内《けいだい》、境外すべて完了した。それを祝して奥出雲のどこかで、盛大な花火を打ち上げることに決めた。

出雲を愛する男

リミットは、ノートに聞け。

約束は必ず守る。

これが、ノートの最後のページにあった言葉だった。

駅員が戻って来たので、高木は、ノートのそのページを示して、

「これを書いた人、覚えていませんか？」

「え？　誰が、こんな所に書いたんですか？　ちゃんと順番で書いてくれないと困りますねえ」

と、駅員は眉をひそめた。

「わかりませんか？」

と、聞きながら、高木は、ノートの表紙と問題の書き込みを、カメラで撮っていた。

「ぜんぜん、わかりません。それにしても、こんな書き込みは、いたずらですかね？」

と、駅員も、少し気になってきたらしい。

（確かに、いたずらにも見える）

と、高木は、思った。

（だとしたら、大げさに考えるのは、バカバカしいかも知れないな）

2

その日のうちに、高木は、東京に帰った。

翌日、一日がかりで、取材記事を書き、「月刊ミステリイ」の編集部に、渡すことにした。

翌日、新宿《しんじゅく》のカフェで、写真と一緒に、戸塚《とつか》という編集者に渡した。

戸塚が、原稿と写真を見ている間、高木はケーキを食べながら、コーヒーを飲んでいた。

「面白い。ありがとうございます」

と、戸塚は、ほっとした顔になってから、

「何か変わったことは、ありませんでしたか？」

と、聞く。

「分け入っても分け入っても山の中だった」

「そんな所ですか？」

「まだ出雲神話が、色濃く残っているところですよ」

「ちょっと、行きたくなりますね」

「だから、やってくる人も、ちょっとおかしい人がいたりして」

「そんな人に出会ったんですか？」

「いや。怪しげな影を踏んだだけです」

高木は、例のノートの写真を、なぜか戸塚に見せた。

戸塚は、しっかりと読んでから、

「わざと、ノートの一番最後のページに書いたんですかね？」

「多分そうでしょうね。目立つから」

「しかし、気付く人はいないかも知れませんよ。一番最後のページにわざと書くなんて普通は考えないでしょうから」

と戸塚が、首をひねった。

「わからないが、ちゃんと考えているのかも知れません」

「どうしてです？」

「そんな風に感じるだけです」

「六十年ぶりの本殿大遷宮の祭りが平成二十五年にあったようですね？」

「盛大だったそうです」

「この投書の主も、大遷宮に万歳をしているように見えますね？」

「そうです。しかし、花火を打ち上げるというのがどうも気味悪いんですよ。花火を上げて邪魔するのかも知れませんから」

「しかし、賛同している形ですから、この書き込みを訴えても、取り上げてはくれないでしょうね。第一、どこが、調べることになるんでしょうね？」

　と、戸塚が、いう。

「地元の警察かな？」

「ここは、何県になるんですか？」

「始発の宍道駅は、島根県、このノートが置かれた出雲横田駅も、島根県ですが、終点の備後落合駅は、広島県です」

　と、説明したあと、高木は、

「どうも気になって仕方がないんですよ。書いた人間が、何を考えているのかわからないんです。それに、『リミットは、ノートに聞け』という言葉は、いったい何のことなんですかね？」

「確かに、妙な文句ですね」

　戸塚は、そう呟《つぶや》いてから、急に、語調を変えて、

「時間ありますか？」

　と、聞く。

「今日は、他に何もありませんが」

「じゃあ、これから、ある人に会って貰えませんか」

と、いう。

「構いませんが、どういう人ですか？」

「元警察庁で、誘拐《ゆうかい》や、企業脅迫などを研究していた人で、今は、独立して、特殊事件の研究をしています」

と、いう。

「その人に相談するような事件とも思えませんが」

と、高木が首をひねると、

「百竹研《ひゃくたけけん》という妙な名前ですが、その名前にふさわしく、変わった事件ばかりを研究している人です。だから、向こうも喜ぶと思いますよ」

戸塚は、すぐ、その百竹研に電話をかけ、夕食を一緒にする約束を、取りつけてしまった。

予約したのは、中華料理店で、個室もある店だった。

この店で、高木は、初めて百竹という男に会ったのだが、小柄な中年男で、一見したところ、あまり頼りになりそうもない感じだった。

とにかく、夕食を早くすませ、そのあと、店員が来るのを禁じてから、一時間、三人だけにして貰うことになった。

「あなたが見たというノートですが、かなり薄いものじゃありませんか？」

と、百竹は、いきなり、聞いてきた。

「そうですね。かなり薄いものです」

「ノートだが、ページに、線が入っていなかったでしょう？」

と、いう。

「そういえば、線が入っていませんでしたね。大学ノートで線が入ってないのを見たのは、初めてでしたね」

「やっぱりね」

と、百竹は、肯《うなず》いてから、丸めて、ポケットに入れてきたノートを、差し出して、

「これと同じものじゃありませんか？」

と、聞く。

高木は、手に取って、ページをくってから、

「確かに、よく似てます。薄いし、線が入っていません。線の入っていないない大学ノートなんか、使いにくいじゃないかと、思いました。どうして、こんな中途半端なものを、売っているんですか?」

「大学ノートと思うからいけないんです。安いサイン帖《ちょう》、あるいは安いスケッチブックと見た方がいいんです。サイン帖だとすると、線が入ってないから、絵も描けます。一人で一頁《ページ》使えるから、普通の大学ノートより、サインしやすい。スケッチブックとしても、白紙だから、デッサンが楽だし、いちいち本物のスケッチブックを専門店に行って買わずにすみます。サイン帖、スケッチブックとして使う場合のために、普通の大学ノートより少し厚い紙が、使ってあります。それで全部で十六枚、三十二ページです」

「そういえば、一人が一ページ使っていましたね。絵を描いた人もいました」

「一人が一ページを使うとすると、三十二人で一冊が終わるわけです」

「あッ!」

と、高木が、思わず、声を上げた。

戸塚が、「どうしたんです?」と、聞く。

「最後のページにあった言葉ですよ。『リミットは、ノートに聞け』というのが、何をいっているのかわからなかったんですが、百竹さんの言葉でわかりました。一人が一ページ使って、サインしていくと、三十一枚目にサインした時、最後のページの言葉が見つかるわけです。だから、ノートに聞けと、書いているんですよ」

「多分そうだと思います」

と、百竹は、ニッコリした。

「そのノートにサインする人が多ければ、奇妙な言葉に出会うのも早くなるわけです。出雲横田駅に来てサインする人が少なければ、遅くなるわけです」

「時には、私のように、最後のページを、先に見てしまう人もいるでしょうが、その時の用心のために、一見して、よくわからないような文章にしてある。そんな風に、考えるようになりました」

と、高木は、いった。

「そこで聞きたいんですが」

と、戸塚が、百竹を見て、

「このサインの男は、いったい何をいっているのかわかりますか？　言葉をそのまま受け取れば、この人間は、出雲大社の六十年遷宮に自分も万歳をしたい。そういっているように思えますがね」

「そうですね。一人で花火を打ち上げると、いっているわけですから」

「出雲大社の六十年遷宮は、平成二十五年でしたね？」

と、戸塚が、確認するように聞く。

「そうです。平成二十五年が、六十年遷宮の年です。向こうの人たちは、全員知っていて、お祝いムードだったそうです」

と高木が、答えた。

「一見すると、この人物も、六十年遷宮を祝っているように思えますね。百竹さんは、どう思いますか？」

と、聞いたのは戸塚だった。

「今のままでは、この人物が、危険かどうかわかりません。私の感じでは、危険に見えますが、できれば、もう少し、情報が、欲しいと思います」

と、百竹が、いう。

「どんな情報が欲しいですか？」

「私が希望をいったら、調べてくれるんですか？」

「高木さん」

と、戸塚が、高木を見て、

「もう一度、木次線に乗ってくれますか？」

「構いませんよ。近いうちに大事な仕事があるわけじゃありませんから」

「じゃあ、何を調べたらいいか、いって下さい」

と、戸塚は、百竹を見た。

「そうですね。第一、問題のノートですが、この人間が出雲横田駅に置いたんだと思いますけど、なぜ、木次線の出雲横田駅なのか？　他にもノートを置いたのか？」

百竹は、自分のメモ帳を見ながら、いった。

「他には？」

「『リミットは、ノートに聞け』というのは、一見面白くて、怖い指令ですが、反面、不正確です。ノートに書く人がいなければ、それだけ花火を上げる日が、延びてしまいます。逆に、団体が、どっとやって来て、次々に、サインをしていったら、たちまち、花火の日になってしまいます。この人間は、どちらでも対応できるのか、それとも、何か、時間を調整できる力を持っているのか、持っていたら、それはいったい、どんなものかを知りたいと思います」

「全部、いって下さい」

「六十年遷宮となれば、それに賛同する地元のグループもいると思うのです。そういうグループは、現在、遷宮をどう思っているかも知りたい」

「他にもありますか?」

「確か平成二十五年五月十日に本殿遷座祭というのがあったはずなのです。それに誰が呼ばれたのか? 首相か、皇族か、有名芸能人か。それも知りたいのです」

と、百竹は、いった。

「木次線の他に、出雲大社や、松江や、宍道湖なども調べる必要がありますか?」

「いや、それよりも、見て来て貰いたい場所があります。稲佐《いなさ》の浜です」

「それは、どんな場所なんですか?」

「大和朝廷と出雲王朝との関係は、非常に微妙で面白いといえば面白い。国譲りといえば、恰好《かっこう》がいいが、敗者が勝者に賠償金を払ったわけでしょう。しかし、出雲は偉大な敗者だから、滅《ほろ》ぼすことはできない。だから、和解し、勝者が、敗者を敬って、出雲大社を贈ったという話になった。大和朝廷の歴史書『古事記』にも、出雲王朝の『出雲国風土記《ふどき》』にも、国譲りのことは、出てくる。多分、お互い、照らし合わせて、傷つかないように作ったのだろうが、勝者敗者が、本当に仲良くお互いに都合のいい歴史を作れるはずがない。そのいい例が、国譲りの舞台だよ。『古事記』では、出雲大社に近い稲佐の浜に、武甕槌命《たけみかづちのみこと》が、天降ることになっているが、『出雲国風土記』では、大国主命が自ら国譲りを宣言したことになっている。場所も違うみたいです」

「敗者の出雲王朝にしてみれば、国を奪われたというのでは、自尊心が傷つくから、『出雲国風土記』では、大国主命が、自分から国譲りをしたことにしたんだと思いますね」

と、戸塚が、いう。

「なぜ、違うように記《しる》したのか？」

百竹は、冷静な口調で、いった。

高木は、戸塚に、仕事として、引き受けると、いってから、

「ノートに、妙な言葉を書いた人間ですが、大和朝廷と出雲王朝のどっちの味方なんですかね？」

と、百竹に、聞いた。

「ノートに書いた文章を、そのまま、受け取れば、出雲王朝の味方でしょうね。出雲大社の六十年遷宮を祝って、花火を打ち上げようというんですから」

「しかし、それなら、堂々と、書けばいいのに、わざと最後のページに書き、思わせぶりに、『リミットは、ノートに聞け』などと、書いています。とても、出雲王朝の味方とは、思えません」

と、高木が、いった。

「そうだ。あなたが、もう一度、木次線に乗ってくれるのなら、私も、ご一緒しよう。私も急に、出雲へ行ってみたくなりました」

と、百竹が、いった。

「私も、一人で行くより、百竹さんと一緒の方が、楽しいから歓迎しますよ」

「それなら、百竹先生も、帰ったら、出雲旅行記みたいなものを書いて下さい。高木さんのものと一緒に並べて、原稿料や、取材費も払いますよ」

と、戸塚も、いった。

3

翌日、高木は、東京駅で百竹と落ち合って、新幹線で京都に向かった。

百竹が、グリーンで行きたいといい、戸塚がその分も出してくれたので、高木も、久しぶりに、グリーンで、行くことができた。

席を向かい合せにして座り、まず車内販売のコーヒーを飲むことにした。

「先生のご専門は、何なんですか?」

と、高木は、不遠慮に聞いた。

百竹は、笑って、

「専門というものはありません。ひたすら、日本の謎を追っています。今回は、出雲神話の謎と妙なノートの言葉の謎の二つを追いかけることになりました。うまくいけば、二つの謎が、同時に解決するかも知れません」

「先生は、今回の件に限らず、敗者の方が、お好きなんじゃありませんか？」

「そう見えますか？」

「昨日、出雲の話をされていて、『出雲国風土記』の話になると、いかにも、楽しげな感じでしたから」

「そうですか。私としては、どんなことでも、冷静にと心がけているつもりですが、難しいものですね。あなたも、『古事記』や『出雲国風土記』に、興味があるんですか？」

「いや、今まではまったく関心がありませんでした。今度のことがあって、あわてて、解説書を読んでいる状況です。それにしても、解釈が、難しいですね。比《ひ》喩《ゆ》が多くて」

「特に、出雲神話は、やたらに比喩が出てくるでしょう？」

「そうですね。どうしてですかね？」

「敗者を、敗者らしくなく書こうとするからでしょうね」

「最初にわからなかったのは、大国主命が国譲りをしたあと、出雲大社の建設を要求しますが、なぜ、そんなものを要求したんですかね？」

「出雲大社をというのは、あくまでも比喩だと思いますね。昔から、敗者の扱いは難しかったと思いますよ。そのままにしておいたら、軍備を増強して、復讐《ふくしゅう》に立ち上がる危険もあります。どう扱ったらいいのかを考えると、私は徳川幕府と、京都の朝廷の関係を考えるんです。徳川家康は、朝廷を、政治や軍事から遠ざけるために、公家諸法度《くげしょはっと》を作り、朝廷の仕事を、政治から切り離しました。大和朝廷も、同じことを考え、大国主命を政治や軍事から、切り離したんだと思います。切り離された大国主命は、もっぱら神事にたずさわることになった。それを、出雲大社を要求し、そこに隠れたという話にしたんだと思いますね」

「大国主命には、やたらにたくさんの名前がついていますが、これでは、神殿に隠れてはいられないんじゃありませんか？」

「何しろ大国出雲の王ですからね。神殿に隠れてばかりというわけには、いかなかったと思いますね。それでも、勝者の大和朝廷の後継者が作った『古事記』では、国譲りの代わりに出雲大社を要求し、そこに籠《こも》って大人しくしていたみたいになっています。これは、徳川幕府が、京都の朝廷に公家諸法度を押しつけたのに似ています。しかし、出雲王朝としては、そんな言葉で丸めこまれることに腹を立てたと思いますね。だから、『出雲国風土記』では神々が集《つど》って、自分たちの力で出雲大社を造ったということになっています」

「神々が集ったというのは、今も、旧暦十月に、全国の神々が出雲に集まるという話として残っていますね。『神在月《かみありづき》』として」

「出雲に、というより出雲王朝には、それだけの力があったということになりますね」

と、百竹が、いった。

京都から、山陰本線で出雲市に出ると、二人は出雲大社に向かった。先日の木次線取材の時には出雲大社に行かなかった高木の方が、今回は参拝したがった。

平成二十五年に、六十年遷宮をすませている出雲大社は、古さも備えて、ゆったりと、静まり返っていた。

「木次線に乗る前に、稲佐の浜に行ってみましょう」

と、百竹が、誘った。

「国譲りの場所ですね」

「『古事記』の国譲りです」

と、百竹が訂正した。出雲大社から、一キロの地点の海岸である。

海岸としても、「日本の渚100選」に入る美しい海岸である。

広々とした海岸の一角に、巨大な岩が、ぽつんと存在していた。

その岩の中ほどの所に、鳥居があり、神社《やしろ》も見える。その神社を守るかのように、松の枝が、上から、かぶさっていた。

『古事記』では、ここに、武甕槌《たけみかづち》が天降ったことになっている。そして、何回にもわたって、出雲王朝に対して、国譲りを迫ったのだ。

現代では、旧暦十月十日の神迎《かみむかえ》神事の日に、人々がここに集って、海の彼方《かなた》からやってくる「竜蛇さま」を迎えることになっている。

「竜蛇さまというのは、大和朝廷の使いとは思えませんね」

高木は、光る水平線に眼をやった。

「征服者を、大人しく迎えたとは、私にも、考えられません」

と、百竹も、いった。

「この海の向こうにあるのは朝鮮半島ですね」

「そうです。当時から、朝鮮とは、交易があったといわれています」

「とすると、出雲族というのは、朝鮮、当時は韓《から》というんでしょうが、その韓《から》から渡って来た人たちかも知れませんね」

「ですから、素戔嗚尊は、韓《から》からやって来たという人もいれば、新羅《しらぎ》に渡って、向こうの文化を持ち帰ったという話もあります」

「そういえば、地図を見ていたら、島根半島に、韓竈《からかま》神社というのがありますね。解説を読んだら、この神社は、スサノオを祀っていて、スサノオが乗ったという大きな平らな岩があって、これを岩船というとありました」

「それで、スサノオは、韓《から》の王族という説もあるんです」

「先生は、どちらだと思うんですか？」

「わかりませんが、私が、面白いと思うのは、『古事記』や『日本書紀』に出てくるスサノオと、『出雲国風土記』に出てくるスサノオとは、まったくの別人に見えることです。これは、ひょっとすると、民族的な違いではないのかと思うことがあります」

と、百竹は、いった。

立っているのに疲れて、高木は、砂浜にしゃがみ込んだ。
広大な海は、あくまでも静かである。
人々は、この浜に集って、海の向こうからやってくる竜蛇さまを待ったという。
高木は、ふと、沖縄に行った時のことを思い出した。
沖縄の人たちは、海の彼方に、ニライカナイという天国があると信じている。
そして、自分たちが、ニライカナイから来たともである。
その沖縄の人々と、出雲族は、よく似ていると思った。
海の彼方への思いである。
出雲族も、多分、海洋民族だったのだ。
（それなのに、なぜ、木次線沿線の山の中に出雲神話が散らばっているのだろうか？）

第二章　新・出雲国風土記

1

高木英介の所に、木次《きすき》線の出雲横田《いずもよこた》駅の駅員から小包が送られてきた。興味を持って、高木は開封した。
中に入っていたのは、ハードカバーの豪華本一冊と、例のノートのコピーと手紙だった。「親展」と書かれた手紙から高木は眼を通した。

「前略
高木さんの話から、駅に置かれたノートに興味を持ち、ひそかに書き込みをする観光客を、監視していました。

最近の神話ブーム、古代史ブームに、出雲ブームが重なって、観光客が急に増加し、その上、駅員が私一人のため、監視もままならぬ日々が、続きました。

気がついた時、ノートには、何者かが、書き込みを入れ、余白は、なくなっていました。その上、同封した豪華本が置かれていたのです。値段もなく、非売品と書かれています。

実は、この本は、木次線のすべての駅に、置かれていることが、わかりました。私が、説明するよりも、ノートの書き込みと、豪華本をお読みになれば、事情が、おわかりになると思います。この事態に、どう対処したらいいのか、ご教示頂きたいと思います。『観光』の一環として無視すべきか、混乱を予想して、警察に届けておいた方がいいのかを、特に、知りたいと考えております」

高木は、次にノートに、眼を通した。

途中までは、ありきたりの「旅のノート」であり、感想文ばかりだった。

そして、最後のページに、前もって、記入があったのである。その間、一日一ページとすれば十二日分の余白があったのだ。

今回、眼を通すと、その十二ページには、すべてのページに、

「一日たった」

と、いうゴム印が押されて、その後、最後のページに、つながっていた。

「あと七日」「あと六日」「あと五日」

の文字が、「一日たった」のゴム印のそばに、書き込まれている。

前から書き込みがあった最後のページにも太い筆で、書き込みが加えられていた。

「五月十四日。

この日、新しい出雲神話が生まれる。

出雲の独立を祝う花火を打ち上げるのだ」

そして、

「新・出雲国風土記《ふどき》」

の書名の豪華本である。

著者の名前は、「出雲を愛する会」となっていた。

高木は本のページを開けた。

2

日本の神話は、古事記、日本書紀の記述によって、構成され、出雲の場合は、この記紀の記述に、出雲国風土記の記述が加えられてでき上がっている。

しかし、なぜ、出雲記ではなく、地方誌のような出雲国風土記と呼ばれるのか。

答は、簡単である。この頃、出雲は、大和《やまと》朝廷によって占領されていたからである。

この占領は、現代におけるアメリカによる日本占領に似ている。

憲法を考えても、その類似は、はっきりしている。自主憲法といいながら、アメリカ占領軍から与えられたことは、自明である。同じように、神話の時代、大和朝廷は「国譲り」といいかえて、出雲を「占領」したのである。

日本とアメリカも、対等ではない。首都圏の航空管制は、今もアメリカに握られ、沖縄は、七十年すぎた今も、アメリカに占領されているも同然である。

大和朝廷は、さらに巧妙だった。古事記と日本書紀によって創造された自分たちの神話（歴史）の中に、出雲民族の神話（歴史）を、組み込んでしまったのである。

多分、そのうちに、日本の歴史も、アメリカの歴史の中に組み込まれてしまうだろう。出雲と同じように。

古事記　　　七一二年
日本書紀　　七二〇年
出雲国風土記　七三三年

これが、三つの神話の作られた年代である。この年代をよく見て欲しい。

古事記、日本書紀は、出雲国風土記の十年以上前に、作られたということである。不思議なことに、十年以上前に書かれた記紀の歴史（神話）の中に、すでに、出雲民族の歴史（神話）が出てくるのである。

どうして、そんなことになっているのか？　答は簡単である。

記紀が作られた時、すでに、出雲は、大和に、占領されていたからである。

自然に、出雲国風土記の記述も、占領軍に合わせて、作らざるを得ない。そんな中で、唯一、記紀にはなくて、出雲国風土記に書かれているのは、

「国引《くにび》き」

である。

国引きは、出雲の国の成り立ちのことである。

出雲国風土記によれば、出雲は小さい国なので、次の四つの国の余った部分を引っ張ってきて、出雲国に継いで、国を大きくしたというのである。

朝鮮半島

隠岐《おき》
能登《のと》
島根半島

の四ケ所である。

もちろん、土地を綱で引っ張ってきたわけではなくて、この四つと、関係ができたということだろう。

実は、出雲の王と思われるオオクニヌシノミコトは、十六人の女性と結婚したことになっているのだが、これも、女性の出身地と、関係ができたということである。その何人かの名前を書き出してみよう。

一、ヤカミヒメ　鳥取県八頭《やず》郡
二、ヌナカワヒメ　新潟県糸魚川《いといがわ》市一ノ宮
三、タキリヒメ　福岡県宗像《むなかた》市沖ノ島
四、セヤダタラヒメ　大阪府茨木《いばらき》市五十鈴《いすず》町
五、トトリヒメ　鳥取県鳥取市

六、タカツヒメ　福岡県宗像市田島《たしま》

これも、実際に結婚したわけではなく、出雲国の関係国や勢力範囲を示していると見るべきだろう。

特に国引きの方は、武力による領土の拡張もあったに違いない。なぜ、国譲りで、出雲への支配権を持った大和朝廷が、国引きを認めたのか。それだけでなく、記紀には書かず、出雲国風土記に記《しる》すのを許可したのか？

それは、出雲族の民族性によると考えざるを得ないのである。

出雲族、出雲王国、さまざまな呼び方もあるが、いずれにせよ「海の民」である。

それに対して、大和族、大和朝廷は、「山の民」である。

出雲が、海の民である証拠をいくつか挙げてみよう。

因幡《いなば》の白兎《しろうさぎ》の話がある。

場所は鳥取の日本海に面した海岸である。海を渡ろうとした兎が、ワニ（フカ・サメの別名）を欺《だま》して、並んだワニの背中を渡っていったが、欺されたと気付いたワニに衣服を剝ぎ取られてしまった。その時、通りかかった大黒《だいこく》さま（オオクニヌシノミコトの別名）に助けられたという話である。このことから、その海岸に、今も白兎《はくと》神社が鎮座している。大和《やまと》系の神の場合、出てくるのは、オロチで、ワニではない。

出雲特有の国引きが行われたのも、出雲大社に近い稲佐の浜である。

その稲佐の浜の先に、島根半島があるのだが、その先端に、美保《みほ》神社が存在する。ここに祀られているのは、オオクニヌシノミコトの御子、事代主神《ことしろぬしのかみ》である。この神さまは、恵比須《えびす》さまの愛称で知られている。

この神社は、海を舞台にした勇壮な神事で知られているが、興味があるのは、美保神社で、十二月三日に行われる「諸手船《もろたぶね》神事」である。

この海の祭りに使われる諸手船は、神社の収蔵庫に保管されているが、面白いことに、沖縄のサバニ船もあって、これが、島根県指定有形民俗文化財になっているのである。沖縄の漁民が、隠岐で漁に使ったあと、美保神社に寄進したのだという。

これは、出雲の民が、海を利用して、沖縄と交易があったことを示しているということである。美保関港《みほのせきこう》は、沖縄漁民や、日本海を航行する船の風待ち港だったのである。これを「南島文化の伝来」と、いう学者もいる。

それなのに、記紀によると、出雲国の始まりは、天孫降臨なのである。

イザナキノミコトと、イザナミノミコトの二神が、混沌《こんとん》とした下界を見て、日本の島々を造ったという国造りの話である。

そのあと、イザナミは死に、残ったイザナキが、ミソギを行うと、左眼からアマテラス大神《おおみかみ》、右眼からツクヨミノミコト、鼻からスサノオノミコトの、三柱《みはしら》の神が誕生した。スサノオが高天原《たかまがはら》で乱暴を働いたので、出雲へ追放され、そこで、ヤマタノオロチを退治し、クシナダヒメと結婚した。つまり、スサノオが出雲国を造ったということである。

スサノオの子が、オオクニヌシノミコトである。高天原のアマテラスは、突然、出雲のオオクニヌシに向かって、国を譲れと命令する。使者を送り、その使者の一人は、剣を抜いて、脅すのである。

しかし、どこかおかしい。出雲国は、アマテラスの弟、スサノオが造った国ではないか。それを、なぜ、取り上げようとするのか。友好国でいいではないか。

それに、四度も国引きをして造った、出雲の国である。オオクニヌシとその子のコトシロヌシは、なぜ、簡単に、高天原のアマテラスに、国を譲ってしまったか？

そこで、当時の出雲国は、どんな国だったか調べてみたい。

以前、神話に出てくる出雲国は、島根県の東部だけの小さな国だったと考えられていた。そのため、簡単に、国譲りをしてしまうのだろうと思われた。

しかし、一九八四年（昭和五十九年）から、一九八五年（昭和六十年）にかけて、出雲市の荒神谷《こうじんだに》遺跡から、銅剣三百五十八本、銅鐸《どうたく》六個、銅矛《ほこ》十六本が出て人々を驚かせた。

三百五十八本という銅剣の数は、一遺跡では全国最多、銅鐸、銅矛が一つの埋納坑から見つかったのは、全国唯一だったからである。

続いて、一九九六年（平成八年）には、現在の雲南《うんなん》市加茂《かも》町の加茂岩倉《いわくら》遺跡から、銅鐸三十九個が出土、一遺跡での三十九個は、全国最多だった。

この他、出雲が大国だったと思われる理由は、いくつも見つかった。

その一つが、美しい勾玉《まがたま》である。

その奇妙な形と、輝く美しさである。出雲では、百を超える玉造りの遺跡が発見されていて、弥生《やよい》時代から平安時代まで、続けられていたと考えられた。これほど長期間に、玉造りが続けられたのは、出雲だけである。

玉造《たまつくり》温泉という地名が、それを示している。この碧玉《へきぎょく》の勾玉、管玉、メノウなどは、北は北海道、南は九州という全国に、輸出されているから、出雲の経済をうるおしたはずである。

次は、古代王朝の墳墓である。

出雲市大津《おおつ》町には、弥生時代の出雲王の墓がある。

長方形の四隅を突出させた奇妙な形の「四隅突出型」の墓である。

発掘された西谷《にしだに》三号墓は、突出部を含む大きさが、五十五メートル×四十メートルの巨大なものである。

この出雲王の墓は、二、三、四、九号と複数見つかっており、当時の出雲王の巨大な権力を示していると、見ていいだろう。何しろ、この出雲王の葬儀には、数百キロ遠方の人々も参加したと伝えられているのである。

この巨大な出雲王国が、簡単に高天原のアマテラスに国譲りをしたとは、思われない。

国譲りを記した古事記、日本書紀だが、それでも、二回にわたって、国譲りを要求してきた高天原の使者は、失敗し、十一年間も、かかっているからである。

古事記の中では、使者が、復命を忘れたとしているが、そんなバカなことはあり得ない。普通に考えれば、戦争になったが、十一年間、勝敗がつかなかったということである。

3

では、実際には、どんな戦争があったのか？

古事記や日本書紀に出てくるアマテラスやスサノオ、あるいは、神武《じんむ》天皇、神《じん》功《ぐう》皇后などは神話の人々で、実在は不確かである。

この人物が話したり、行った事件なども、何かの例え話のことが多い。

出雲の神々の国引きや、スサノオのヤマタノオロチ退治の話を、そのまま信じる人はいないだろう。

ヤマタノオロチは、八本に分かれて流れる斐伊川《ひいかわ》のことで、その川が氾濫《はんらん》を起こすのを、ヤマタノオロチが暴れることに例えていると、普通の人々は、理解する。

では、いつの時代のことなのだろうか？

まず、古代史の中に出てくる事件が、実際には、いつ頃のどんな事件だったのか？

そして、今の出雲に残っているのか？　残っているとしたら、どんな形で残っているのかを調べてみたい。

古代史の中で、「国譲り」は、大事件である。従って、詳しく書かれている。

まず、アメノホヒノミコトが、高天原の使者として、地上のオオクニヌシノミコトのもとへ派遣される。ところが、三年間復命を怠ったので、二番目の使者として、アメノワカヒコが遣わされるのだが、これも八年間、復命しなかった。そこでタケミカヅチ、アメノトリフネの二神を天降りさせて、国譲りを迫ったという。

ずいぶん呑気《のんき》な話である。古事記によれば最初の使者アメノホヒ（天菩比）は、オオクニヌシに心服してしまい、二番目の使者アメノワカヒコ（天若日子）は、オオクニヌシの娘シタデルヒメと結婚し、その後、殺されてしまう。怒ったアマテラスは、三番目の使者としてタケミカヅチを派遣する。

タケミカヅチは、アメノトリフネと出雲の伊耶佐《いざさ》（稲佐）の浜に降り立ち、十《と》掬《つか》の剣を抜いて、逆さに突き立て、その剣先にあぐらをかいて、オオクニヌシに、国譲りの談判をした。

オオクニヌシは、即答を避け、息子のコトシロヌシに判断を委《まか》せた。美保の岬から戻ってきたコトシロヌシは、父のオオクニヌシに、「恐れ多いことです。この国はアマテラスに差し上げましょう」といった。

その結果、国譲りは成立するのだが、オオクニヌシは、出雲（葦原中国《あしはらのなかつくに》）を譲る見返りとして、壮大な宮殿の建設を求めた。これが、出雲大社の起源である。

オオクニヌシは、出雲大社に入って、幽界を治めることになり、子のコトシロヌシは、なぜか、自殺してしまうのである。

以上が、古事記に書かれた国譲りの神話だが、八年後に書かれた日本書紀では、少し違って、記されている。

「出雲の国をよこせ」といわれて、簡単に差し上げてしまったというのは、あまりにも不自然だと、日本書紀の筆者も、思ったのだろう。

そこで、日本書紀では、国譲りは、次のようになっている。

伊耶佐の浜で、高天原の使者に、国譲りを迫られたオオクニヌシは、怒って、

「おかしなことをいうな。この国は、もともと、私が、いた所である。あとから来て偉そうにいうのは、許さないぞ」と、反論したというのである。

使者は、びっくりして高天原に戻って、アマテラスに、報告した。

それを聞いたアマテラスは、今度は、懐柔作戦に出た。

使者を、もう一度、出雲に遣わして、オオクニヌシに、次のようにいわせたのである。

「説明不足だったので、あらためて、詳しく説明したい。そなたが治めている出雲の統治は、これからは、われわれ高天原のアマテラス大神の子孫が、行うが、その代わり、そなたは、幽界の神事を司《つかさど》ってくれ。そのために、天日隅宮《あまのひすみのみや》を建ててつかわす。すなわち、長い丈夫な縄で、柱を何回も結いつける。その宮殿の柱は高く太く、板は広く厚くしよう。神田《しんでん》も提供しよう。そなたが海で遊ぶ時のた

めに、階段や浮橋を造り、天鳥船も造ってやろう。高天原の天安河《あまのやすかわ》に橋もかけよう。何回も縫い合わせた白楯も造ろう。そして、そなたを祀る責任者はアメノホヒとする」

この好条件を聞いて、オオクニヌシは機嫌を直して、こう答えた。

「天つ神の言葉は真《まこと》に丁寧《ていねい》である。納得して、天つ神の命令に従うことにする。私が治めていた現世の地上世界は、天つ神の大神の子孫が治めたらいい。私は、退いて幽界を治めよう」

結局、オオクニヌシは、出雲の国を、高天原の天孫族に渡してしまうのである。

出雲は小国ではない。

海の民として、沖縄は、もちろん、朝鮮とも、交易が、あった。

勾玉を産し、それを輸出して利益を上げていた。

その上、何といっても、大量の出土品である。

三百五十八本の銅剣、銅矛十六本、それに、六個と別の場所で三十九個の銅鐸である。

さらに、四隅突出型の巨大な古墳が、四ケ所発見されている。こうした出土品や古墳は、出雲に、大きな権力を持つ出雲王が君臨していたことを物語っているのだ。

大和朝廷とともに、出雲王朝も、存在していたことになる。

そんな出雲王朝が、簡単に、国譲りをしたとは、とても思えない。

普通に考えれば、十年以上にわたる戦争の末、出雲が、大和に敗北し、大和に組み込まれたということである。しかし、神話に残っているのは「国譲りの神事」だけである。

「諏訪《すわ》信仰」という言葉がある。長野県の諏訪大社を中心に全国に広がっている民間信仰である。

大社の祭神、建御名方《たけみなかた》神、八坂刀売《やさかとめ》神は、「大和朝廷に屈しなかった出雲系の神」とされ、古くから朝野の尊信を集めていた。初め狩猟神として崇敬され鹿頭を供える神事も残るが、のち武神とされ日本第一軍神と呼ばれた。漁民の信仰も厚く、また農作物の害獣を取り除いて豊作を願う信仰の対象でもあるという。

長野県は、島根県から見て、遠いように見えるが、同じ諏訪湖の周辺には、出雲のオオクニヌシノミコトの子が、大和朝廷の軍勢と、戦いながら、諏訪まで逃げて来て、とうとう、敗北したという伝説が残っているのである。

他にも、国譲りに三年プラス八年、十一年かかったと記されている。

この二つを考えると、とても、平和裡《へいわり》に、国譲りが行われたとは、思えない。

では、本当は、何があったのか？

国譲りは、神話の話である。

天孫降臨も、国引きも、ヤマタノオロチ退治も、すべて、神話なのである。しかし、調べてみると、形は違うが、実際にあった話なのだ。

ヤマタノオロチ退治＝氾濫する斐伊川の治水。

国引き＝他の国、外国との交易や提携。

天孫降臨＝ある民族が、国を造る。

これが、実体である。

それなら、「国譲り」は、どうなのか？

戦争を、「国譲り」としたことは、明らかである。そして、出雲は、大和に支配されることになった。

時代はわからないが、大和朝廷が、出雲に食指を動かし、激戦の末、出雲王朝は敗北し、大和朝廷に組み込まれてしまった。

それは、いつの頃なのか？

神話の時代ではない。

日本の歴史を調べていくと、「崇神《すじん》天皇」に、ぶつかる。

神武、綏靖《すいぜい》、安寧《あんねい》とか、日向《ひゅうが》三代の天皇は、架空で、存在しなかったといわれる。

はっきり実在するとわかっているのは、崇神天皇からである。

崇神天皇は、「はつくにしらすすめらみこと」と、称されるのだが、神武天皇が、同じ称号を持っていることから、同一人だという説もある。

この崇神天皇は、記紀によれば、四道《しどう》将軍を派遣して、大和朝廷の領域を広げ大和朝廷を確立した最初の天皇といわれているのである。

この時、大和と出雲の間に戦争があり、出雲は、敗北したのではないのだろうか？

日本書紀によれば、崇神天皇の時代に全国平定のため四人の皇族将軍が派遣された。北陸に大彦命《おおひこのみこと》、東海に武渟川別命《たけぬなかわわけのみこと》、西道（山陽）には、吉備津彦命《きびつひこのみこと》、丹波

(山陰)には、丹波道主命《たにはのみちぬしのみこと》を派遣している。大和朝廷による全国統一で、それを象徴化した伝承である。

この話は、古事記にも見えている。

もう一つ、日本書紀には、こんな話も書かれている。

崇神天皇が、出雲大神の宮にある「神宝」を見たいといったところ、拒否されたので、ヤマトタケルを派遣する。応待したのは、イズモタケルだったが、二人で斐伊川で水浴したとき、ヤマトタケルは、自分の木刀と、イズモタケルの刀をすりかえておいた。水浴のあと、何も知らないイズモタケルは、木刀をつかみ、ヤマトタケルは、刀を取って戦い、イズモタケルは、殺されてしまった。

垂仁《すいにん》天皇の第三子景行《けいこう》天皇の時にも、まったく同じ話が、伝えられている。

この話も象徴的な話になっているが、この頃、事実として、出雲王朝が、滅亡しているのである。

出雲王を祀《まつ》る古墳は、斐伊川、出雲平野、島根半島の山並みを一望できる斐伊川西岸(西谷の丘)に、四代にわたって造られてきている。

中には、五十五メートル×四十メートルという巨大なものもある。

弥生時代、歴代の出雲王は、同じ場所に葬られている。これは、出雲だけらしい。

四隅突出型墳丘墓は、一号から九号まであるが、そのあとは、見つからない。

つまり、九代で、出雲王朝は、滅亡しているのである。

この時代は、第十代崇神天皇から第十二代景行天皇の時代である。

「魏志倭人伝《ぎしわじんでん》」に、「倭国乱れる」と書かれた時代と推測される。

この頃、出雲王朝は、大和朝廷に攻め滅《ほろ》ぼされたに違いない。

どんな戦いだったのか、そしてどんな占領だったのか？

時代は、間違いなく、崇神天皇の御世《みよ》であろう。

その頃、ようやく、大和朝廷の基礎ができて、周辺の国家、部族に対して、攻撃的になっていたと思われる。

それが、四道将軍の派遣だろう。もちろん、将軍に率いられた軍勢も動いたはずである。

その中で、今まで、出雲国の征服が、重大視されなかったのは、征服をなぜか「国譲り」といいかえていたことの他に、現在の島根県の東半分という小さい王国だと、考えられていたことである。その上、出土品も、少なかったこともあった。

しかし、最近、銅鐸や銅剣が、大量に発見され、巨大な王の古墳が九号まで、斐伊川の近くで、まとめて発見された。ナイルの近くにあるピラミッド群のようにである。

また、出雲国は、海の民で、丸木船を使い、日本海を自由に航海し、沖縄から、朝鮮までを、その水域としていた。特産として、勾玉を製産し、それを交換に使って、海上ルートを用いて、交易していた。

豊かな王国だったに違いない。大和朝廷が、身近に、出雲国という豊かな王朝が存在することに注目したとしても、おかしくない。

それは、崇神天皇の時と考えて、まず、間違いないだろう。

そこで、崇神天皇は、出雲王朝に対して、大神の宮にある神宝を見せて欲しいと伝える。この神宝は、多分、出雲国が、産出、加工していた勾玉のことだろう。

出雲では、昔からメノウやヒスイの勾玉を多量に作り、それを交易に使っていた。

勾玉に、穴をあける技術は、当時としては難しいものだったが出雲では、すでに、確立した技術だったといわれている。

崇神天皇は、技術を手に入れ、大和でも、勾玉の製産が、できるようにしたいと考えたのだろう。何しろ、ヒスイの勾玉は、今でいえば、ブランド物で、今も、出雲大社の宝物殿に展示されているから、崇神天皇が要求したという神宝は、ヒスイの勾玉と考えて間違いないだろう。

崇神天皇の要求は、神宝を見たいといっても、実際には、それを寄越せということだったろう。崇神天皇の孫の景行天皇にも、まったく同じ話が伝わっているから、よほど神宝に、執着があったのだろう。

結局、神宝を見ることが上手《うま》くいかなかった崇神天皇は、それなら、神宝を手に入れてしまおう、出雲国を手に入れてしまおうと考えて、戦争になった。

その大将は、ヤマトタケルである。彼と、戦ったのは、イズモタケルと書かれているが、もちろん、実名ではないだろう。多くの将軍の総称だと思われる。

この時代に、大和朝廷の代表は、崇神天皇であり、出雲王朝を代表するのは、オオクニヌシに違いない。

他に、ヤマトタケルという名前があるが、もう一人、不思議な存在として、スサノオノミコトが、いる。

スサノオが、実在の人物とは考えにくい。何しろ、創生期に、イザナキが生み落したアマテラス、ツクヨミ、スサノオの三姉弟の一人だからで、神話上の人物である。

しかし、まったく架空とも思えない。よく似た人物が、神話ではなく、歴史上の人物として、記紀に載《の》っているからである。

それが、ヤマトタケルである。多分、記紀の作者は、神話を書くとき、このヤマトタケルに似せて、スサノオの人物像を作ったに違いない。そのくらい、この二人は、よく似ているのだ。

（スサノオ）

①敵を攻略にかける

ヤマタノオロチに酒を呑《の》ませて、眠ったところを殺した

②名刀を手に入れる

ヤマタノオロチの尾を切ると刀が出てきた
（草薙剣《くさなぎのつるぎ》）
③関係のある娘と結婚
その土地の娘クシナダヒメと結婚
④刀を奉納
熱田《あつた》神宮に草薙剣を奉納

（ヤマトタケル）
①敵を攻略にかける
イズモタケルと水浴中に相手の刀を木刀にすり替えて殺した
②名刀を手に入れる
苦戦をしているとき村の娘から刀を贈られる

（天叢雲剣《あめのむらくも》）

③関係のある娘と結婚

剣を贈られた倭姫《ヤマトヒメ》と結婚

④刀を奉納

熱田神宮に天叢雲剣を奉納

決定的なのは、草薙剣が、天叢雲剣とも呼ばれていることである。

このことからも、スサノオとヤマトタケルは、同一人、それも、実在するヤマトタケルが、神話の神スサノオを、創り上げたことは間違いないと思われる。その架空のスサノオが、出雲神話で、活躍するのだ。なぜなのか？

4

もう一度、出雲王国が、大和朝廷のものになってしまった「国譲り」について、考えてみよう。

　ヤマトタケルが、イズモタケルを策略にかけて、殺したことを考えてみれば、二つの国の間には、十一年間（三年プラス八年）にわたる戦争があったと思わざるを得ない。

　出雲王朝は、九代で滅びた。巨大な出雲王の墓が、九代で絶えているからである。それなら、出雲国は、どうなったのか？

　なぜか、大和朝廷は、この戦争を「国譲り」とした。

　理由は、推測する他はない。

　あまりにも、戦闘が激しく、出雲を植民地にするのも困難なので、大和朝廷は、戦闘ではなく、懐柔に乗り出してきたのだろう。

　この政策は、日本を占領したアメリカ軍の占領政策によく似ている。

　第一は、間接統治である。細かいことに、口を挟まない。

　神話の時代で、もっとも生活に密着しているのは、祭事である。海の民だった出雲では船を使った祭が多い。

　その典型的なものが、島根半島の突端にある美保関で、四月七日に行われる「青柴垣神事《あおふしがき》」と、十二月三日の「諸手船神事《もろたぶね》」だが、本来、漁業の祭りだったものが、「国譲り」を再現したものに変えられた。

また、近くの美保神社の祭神は、オオクニヌシの子、コトシロヌシなのだが、なぜか、自決してしまうのだ。

大和朝廷（高天原）と、出雲王朝との戦争の時の大和の将軍は、ヤマトタケルと呼ばれ、出雲側はイズモタケルと呼ばれていたが、記紀によれば、ヤマトタケルが、イズモタケルを、欺《あざむ》いて殺したことになっている。しかも、現実の歴史が、知られるようになった崇神天皇の時代である。

ヤマトタケルを、出雲を占領する司令官にしたのでは、出雲の人々の反撥《はんぱつ》が大きくなる。そこで、大和朝廷が、考えたのは、神話の英雄スサノオだったのではないか。

しかも、戦争とは関係なく、出雲と関係のある将軍に作り上げた。

いたずらが激しいので、姉のアマテラスに、高天原を追放され、出雲にやってきたという物語が、作られる。

高天原を追放されたのだから部下はいないだろうし、ひとりでやって来たに違いないのだが、出雲にやってくるなり、ヤマタノオロチを、退治して、斐伊川の流域に住んでいる人たちを救うのである。

そのあと、救ったクシナダヒメと結婚し、その上、ヤマタノオロチの尾を切り裂くと、名刀草薙剣（天叢雲剣）を、手に入れるのである。

ヤマトタケルの場合にも、まったく同じような話が伝わっているから、記紀の作者が現実の事件を参考にして、神話を作り上げたのだろう。

そのあと、出雲とスサノオを結びつける神話が、次々に、作られていく。

しかし、無理に作った話だから、おかしな点が、次々に出てくる。

出雲は、もともと、オオクニヌシが統治する海洋民族だった。それに対して、スサノオは、陸の神、山の神である。

それでも、島根県が調べてみると、オオクニヌシを祀る神社は二百八十九。それに対して、スサノオを祀る神社は三百六、スサノオの方が多いのである。

これは、出雲国では、オオクニヌシ信仰よりもスサノオ信仰の方が多いということではない。出雲大社の大きさを見ただけでも、それはわかる。

出雲国を支配した大和が、人々の信仰をオオクニヌシよりスサノオに向けさせようとして、スサノオを祀る神社を、めちゃくちゃに増やしたからである。

その無理のせいで、不可解なことが、起きている。

その一つが、すべての元になった「国譲り」である。

記紀によれば、高天原のアマテラスから、国を譲るように、要求された出雲の王、オオクニヌシは、子のコトシロヌシと相談して、出雲国を大和に譲ることにした。そして、出雲大社を建て、そこに入って、死者の世界を治める旨を宣言したと、記紀には書かれている。大和朝廷が、生の世界を治め、オオクニヌシの出雲は、死の世界を治めることになったのである。

この世の支配者が高天原のアマテラスで、あの世は、出雲のオオクニヌシが、支配する。いかにも対等の感じがするのだが、実際は、違うのである。

出雲大社の近くの海岸に、日御碕《ひのみさき》神社がある。朱塗りの華麗な神社で、海岸から、出雲大社を守っているようにも見え、逆に、海に出てくるのを、抑えているようにも見える。

この神社の、入って正面にある「日沈宮《ひしずみ》」には、アマテラスが、右手丘の上の「神の宮」には、スサノオが祀られている。この神社について、次のように言い伝えがある。

「伊勢大神宮《いせだいじんぐう》は、日《ひ》の本《もと》の昼を守り、出雲の日御碕の浜には日沈宮を建て日の本の夜を守っている」

しかし、オオクニヌシは、大和に国譲りをして、出雲大社にかくれる時、死の世界を支配すると、宣言したのではなかったのか。夜の世界と死の世界と、どう違うのだろうか？

付け加えると、日本の神社には、社、神社、大社という格があって、最高は、宮である。

伊勢神宮、橿原《かしはら》神宮、明治神宮などが、宮である。天皇を祀る神社が――宮で、出雲大社が、出雲神宮でないのは、祀られているオオクニヌシが、天皇ではないからである。日本の神話の三分の一は、出雲神話だというが、こうした点で、はっきりと、格付をしているのではないのか。

こうしたことを考えていくと、嫌でも、マッカーサーのアメリカに占領された日本のことを考えてしまう。

もっとも、寛大な占領政策といわれたが、実際は、違う。戦争を指揮した日本の要人は、戦犯として処刑された。

同じように、すでに老人になっていた出雲のオオクニヌシは、出雲大社に籠《こも》ることが許されたが、若い、子息のコトシロヌシは、海に沈められて、処刑された。そのため、実際の出雲王朝は、九代で亡びるのである。

当時の文化は、祭りと神話だろう。出雲王国が独立していた頃は、そうしたものは、海岸寄りに、集中しているのだが、大和に占領されてからは、山と川に移ってくる。

その一例が、「因幡の白兎」の話である。日本海に面した美しい海岸に生まれた神話である。

隠岐の島から稲羽《いなば》に渡ろうとした素兎《しろ》は、ワニ（サメ・フカ）を欺して、海に並べ、その背中を渡ってたどりつこうとする。ところが、欺されたことに気がついたワニによって、服を剝がれ、赤裸になってしまう。そこに通りかかった八十《やそ》神《がみ》（オオクニヌシの兄弟）のいう通り海水を浴び、風に当たると、傷は一層ひどくなった。最後に通りかかったオオクニヌシに、蒲黄《がま》の上に寝込んでいれば治るといわれて、その通りにすると、兎の体は元通りになったという話である。

いい話だが、大和との戦いのことを考えると、簡単には、誉められない。

　古事記に出てくる話だから、崇神天皇も、ヤマトタケルとイズモタケルのことも、わかっていたはずである。「戦争」を「国譲り」にしなければならないから、小さな神話もその方向に曲げていく。「スサノオ」を「オオクニヌシ」の上に持っていかなければならないのである。

　因幡の白兎の話が、もともとあったか、古事記の作者が、作り上げたのかは、わからない。

　いずれにしろ、この話の主題は、一見すると、オオクニヌシの優しさに見えるが、違うのだ。悪だくみをする八十神なのだ。

　大和朝廷が、「国譲り」と称して、出雲国を占領した時、もっとも邪魔だったのは、八十神の存在だったといわれる。

　八十神というが、もっと多かったと思われる。何しろ出雲は、神話の国だからである。しかも、この八十神は、オオクニヌシの子供を自称している。邪魔だからといって、殺すわけにはいかない。何しろ、神様なのだ。

　そこで、占領軍が、考えたのは、八十神を、悪者にしてしまうことだった。オオクニヌシを、助けている神々ではまずいから、何かというと、オオクニヌシを欺し、迷惑ばかりかけていることにすれば、八十神の力を小さくすることができる。

オオクニヌシは、八十神に迫害され、たびたび死にかけている。この頃は、オオクニヌシは、オオアナムヂと呼ばれていた。古事記では、八十神に迫害されるオオアナムヂは、ヘビのいる部屋に入れられたり、ムカデとハチに、襲われたりして迫害を受ける。因幡の白兎の話も、それと同じで、八十神は、人を欺したり兎をいじめる悪者である。彼らから、オオアナムヂを守るのは、スサノオである。そのスサノオの大きな力で、オオアナムヂは、オオクニヌシに成長した。記紀の作者は、そんな話を作り上げ、八十神の力を、削《そ》いでいく。

出雲国を占領したスサノオは、邪魔な八十神の力を削ぎ、同時に、オオクニヌシを孤立化させていく。

最後には、オオクニヌシが、スサノオの娘スセリヒメと結婚し、大和による出雲の占領は、完結した。

5

しかし、八十神は、死ななかった。

大和朝廷からやってきたスサノオによって悪者にされ、出雲から追放されたが、消えたわけではなかった。

孤立化したオオクニヌシが、亡くなると、その死を悼《いた》むために、日本中から、八十神が、出雲に、集《つど》ってきたのである。

当時の日本は、人口も少なく、国も多くはない。そんな中で、神々が、出雲に集ってしまったので、他の国では、ほとんど、神がいなくなった。

そのため、旧暦十月は、神無月《かんなづき》と呼ばれるようになった。

亡くなったオオクニヌシを悼んで、神々が集ってきたので、大和朝廷としても、占領軍としても、逮捕したり、追い返すこともできなかった。

しかし、神々に暴れられても困る。

そこで、出雲大社だけの祭事にしてしまうことにした。

神官が置かれ、集った神々は、出雲大社の中に、宿ることが許された。オオクニヌシの死を悼むために集った神々だったが、大和の占領軍、スサノオは、悲しみで、団結することを、恐れたのである。

その上、スサノオは、亡くなったオオクニヌシを今後は、「大黒《だいこく》」と、呼ぶという告示を出した。世俗的な縁結びの神にしたのである。

しかし、集った神々は、そうした占領軍、スサノオの命令を聞かず、ひたすら、亡くなったオオクニヌシのために、祈った。

「大黒」とするという命令を無視し、旧暦十月十一日から十七日までの間、「神在祭《かみありさい》」として、祭りの間、斎戒沐浴《さいかいもくよく》して、歌舞音曲を禁じ、神在祭は、御忌祭《おいみさい》ともいうことになった。この間出雲大社を支配するのは、暗闇と静寂である。

こうした出雲大社で行われた神無月（出雲では神在月）の神事を、スサノオは、監視していたが、一応、何事もなく終わったことに、ほっとしていた。

ところが、翌年も、十月になると、全国から、神々が、集ってきたのである。

スサノオは、今度こそ、「大黒まつり」と名付けて、賑《にぎ》やかにやれ、縁結びの楽しさを、人々に説いてまわれと、命令した。沈黙では、縁結びにはならないから、太鼓を叩《たた》け、琴を鳴らせと命じた。

さらに、スサノオと、クシナダヒメの結婚の故事を生かし、八雲山に近い須賀《すが》という所に来た時、スサノオが「私がここに来て、すがすがしい気分になった」といったので、そこが須賀と名付けられた。そこで、二人は、そこに宮を造り住むことになった。宮ができ上がった時、スサノオの言葉から、須我《すが》神社と呼ばれるようになった。

これを、大黒とともに縁結びの聖地として、美しい幕を張り、神々を迎えることにした。

これこそ、集る神々を、引きつけるだろうとスサノオは、期待したのだが、神々は、それを無視して、まったく違った行動を取った。

出雲大社に集った神々は、いっせいに、近くの稲佐の浜まで、移動した。

稲佐の浜は、記紀には記述がなく、出雲国風土記にだけ出ている国引き神話の舞台である。力自慢の神々が、この稲佐の浜に仁王立ちになって、国引きをしたのである。

しかし、今日、稲佐の浜に集った神々の目的は、国引きではなく、出雲大社

「神在祭」の大きな神事の一つ「神迎神事《かみむかえ》」を、行うことだ。

神在祭が始まる旧暦十月十一日の前日の夜、稲佐の浜に、神々が集い、神火が焚《た》かれ、神々の使いという「竜蛇さま」を、迎えるのである。

神在月の時、浜辺に集い、「竜蛇さま（海蛇）」を迎える。神々が出雲大社に集まると、決まって波に乗って、竜蛇が稲佐の浜にやってくる。それを迎え、竜蛇さまが、先頭に立ち、「神迎の道」を通って、出雲大社に行くという。

神々は、じっと、浜辺で待つ。

暗くなって、ようやく、海の彼方から、「竜蛇さま」が、現われ、神々は、その竜蛇を先頭にして、出雲大社に帰っていく。

今夜も、出雲大社を支配しているのは、暗闇と静寂である。それは、出雲神話を奪った大和朝廷への抗議の儀式なのだ。

出雲の神々は、スサノオを恐れなくなった。作られ、押しつけられた神話の嘘《うそ》に気付いたのだ。

しかし、まことしやかな古事記や日本書紀の中の神話を切り捨てるのは、さほど、やさしくはない。

海の民の出雲民族は、海辺に暮らし、海辺に作られた神話に生きてきた。「国引き」の稲佐の浜、沖縄の漁師との交流のあった美保関港、因幡の白兎の神話。

しかし、占領者の大和朝廷は、出雲国の人々の生活圏を海から陸に移してしまった。斐伊川沿いに、山に向かってである。そこに、大和朝廷は、ヤマタノオロチの神話を作り、スサノオという大和の英雄を、出雲の人々に押しつけてきたのである。神話というオブラートに包んでである。

大和は、大和の神話を押しつけ、次々に、神社を建てていった。そして、スサノオである。

今次戦争で、勝利した占領軍は、日本中に基地《ベース》を作っていった。神話の代わりに、デモクラシーと、ジャズとジープで、日本中を蔽《おお》いつくした。スサノオに当たるのは、マッカーサーか。

私は、この本の中で、大和朝廷が作った記紀の中の出雲神話は、すべて、大和に都合よく作られていることを、明らかにした。その間違った神話の大部分は、スサノオという作られた英雄の話になっている。スサノオを、英雄と考え、出雲のために尽くしてくれたと考えてはいけない。大和は、出雲にとって、占領者であり、スサノオは、そのシンボルなのだ。

私は、提案する。

出雲は、神話の中でも、独立せよ。

「国譲り」などという甘言は、拒否せよ。

オオクニヌシを祀る神社より多いというスサノオの神社には手を合わせるな。

一つずつ潰していけ。

何よりも、本来の海の民に立ち戻り、山から海に戻るのだ。そして、海の神話を作れ。

6

その本には、紙が一枚はさまれていた。

駅員の話では、木次線の各駅に配られたすべての本に、同じ紙片が、はさまれているという。

そこに書かれている言葉は、アジるような檄文《げきぶん》だった。

「私が、この本に記したごとく、出雲神話の大部分は、大和朝廷が、出雲の占領のために作った嘘である。

古代から、今まで、出雲国の人々は、その神話に欺され、占領者のスサノオを英雄だと信じてきたが、今こそ、目覚めなければならない。

神代の話と、軽く考えてはならない。それは精神的に、出雲の人々を拘束しているからだ。

次の『例祭』の日、立ち上がろう。

花火を打ち上げ、「国譲り」のいつわりを捨て、「国引き」に戻ろう。

スサノオの神社を否定せよ」

高木は、この本の内容とアジテーションを、どう受け取るべきか迷った。

単なる冗談として、無視していいのか。それとも、出雲大社の例祭の日に、事件が起きると考えて、警察に相談したらいいのか。

「出雲大社」の例祭については、次のように書かれている。

「かつての『三月会《え》』を引きつぐ大社の大祭
的射祭
流鏑馬《やぶさめ》
鈴振り舞の神事
こうした神事が、三日間にわたって行われる」

第三章　神話の反逆

1

五月十四日。出雲大社の、例祭の始まりである。これは三日間続く。また、スサノオノミコトやヤマタノオロチで有名な木次《きすき》線の観光の季節でもあるのだが、木次線は元々出雲神話のため、観光のために作られた路線ではなかった。

最初、木次駅まで敷かれたこのルートは観光のためではなく、木炭の運送のためのものだった。出雲はたたら製鉄で有名だが、その製鉄のために使われていた木炭を、大々的に売り出すために、運送用に木次線が敷設されたのである。当時、島根県は日本第三位の木炭の生産量を誇っていた。その木炭の運送量が少なくなったあと、木次線は陰陽連絡線として使われるようになった。「陰陽連絡線」というのは、日本海側の山陰と、瀬戸内側の山陽を結ぶ連絡線のことである。

昭和二十八年、鉄道ダイヤの改定で山陰本線、木次線、芸備《げいび》線を経由して山陰の米子《よなご》と山陽の広島を結ぶ快速（のちに急行）「ちどり」が誕生した。この時からしばらく山陰と山陽を繋《つな》ぐ連絡線として急行も走り、木次線は、脚光を浴びていたが、その後、陰陽連絡には伯備《はくび》線が主力となってしまい、急行「ちどり」も廃止されて、木次線自体が廃線に追い込まれそうになった。それを救ったのは、今度は観光である。ヤマタノオロチで有名な斐伊川《ひいかわ》に沿って、出雲の奥地へ走る木次線は出雲神話の観光のための列車として息を吹き返し、その後、「奥出雲おろち号」というトロッコ列車などが走るようになって、観光の乗客が増えるようになった。

五月十四日からはそれにプラスして、出雲大社の例祭があり、観光客が増えることが予想された。木次線の観光の主力は、トロッコ列車で有名な「奥出雲おろち号」だが、この「奥出雲おろち号」はディーゼル機関車に二両の客車が連結されて走るもので、その一両はトロッコ列車である。人気があるのだが座席が少なく、その上、全席指定で観光シーズンには切符を買うのが大変である。

そこで、ディーゼル二両編成の普通列車の方が、ゆっくりと出雲神話関係の観光が楽しめ、最後には、三段階のスイッチバックも楽しめると、そちらを選ぶ客も少なくなかった。

翌日の五月十五日。山陰本線の宍道《しんじ》駅の三番線ホームから出発した、木次線の二両編成の普通列車は、ほぼ満員だった。その中に子供の姿が多かったのは、この日が日曜だったからである。宍道発一一時一八分。終点の備後落合《びんごおちあい》着は、一四時三三分。途中にトンネルが多かったり、三段スイッチバックのある典型的なローカル線だからといっても、三時間以上も時間のかかる、いかにも古代神話の路線らしい列車である。

二両編成だが、ワンマン列車である。車掌はいない。次の南宍道までは六分である。その途中まで走った時、いきなり車内で鋭い銃声が起きた。

先頭車両には二人の中年の男たちが、二両目の列車にも同じような中年の男が、それぞれ猟銃を構えて一発、天井に向かって撃ったのである。その中の一人がマイクをつかんで、

「われわれはこの列車をトレインジャックした。これから、終点の備後落合まで、われわれの命令に従ってもらう。備後落合までは、どの駅にも停車しない。われわれは君たちを殺すためにこの列車に乗ったのではない。われわれの持つ歴史観、出雲に対する郷土愛について、これから終着の一四時三三分まで話を聞いてもらうためである」

と、落ち着いた声でいった。三人目の男は、運転席を開けさせ、運転士に猟銃を突き付けて、

「これから終点の備後落合まで、時刻表通りに走ってもらいたい。ただし、各駅に停車する必要はない。ゆっくりと通過してくれればいい」

といった。乗客は、誰も押し黙ってしまった。

かくして、二両編成の木次線は、あっさりと、トレインジャックされてしまったのである。マイクの男が、続けた。

「私はこれから、われらの出雲観、出雲神話観、出雲王国観を説明する。私が話し終わって、もし反対ならば、その時に手を上げて反対の理由をいってくれ。その人と、出雲について議論したいのだ。私はまず第一に、いいたい。出雲王国は

存在した。これは、誰も反対しないだろう。何しろ出雲大社があるし、オオクニヌシノミコトもいるし、出雲大社の近くで四隅突出型墳丘墓という四隅が突き出した形をしている、巨大な古墳が発見された。間違いなくこれは、出雲王国の国王たちの歴代の墓である。その古墳が九号まであって、十号からあとはなくなっている。つまり、九号で出雲国王の系統は滅びたということがわかる。

では、誰が、出雲王国を滅ぼしたかといえば間違いなく大和《やまと》朝廷である。出雲神話が出て来る最古の文献といえば古事記である。天武《てんむ》天皇の時に作成が始まり、七一二年に献上された。この時、出雲王国はどうなっていたかといえば、間違いなく大和朝廷に滅ぼされ、その属国になっていた。なぜ、断言できるかといえば、出雲国は昔から勾玉《まがたま》の産地として有名だった。この勾玉は出雲の玉として、多くの国に輸出されていた。そして古事記が編纂《へんさん》された七一二年頃には、出雲で造られる玉が毎年大和朝廷に献上され、大和朝廷の宮中で行われる祭器に使われていたとあるからだ。

古事記の上巻は、天地開闢《かいびゃく》の神話である。そこにどう書かれているかを古事記のまま話してみる。

イザナキノミコトは亡くなった妻のイザナミを求めて、黄泉《よみ》の国へ入っていくが醜くなったイザナミに追われて逃げ出してくる。黄泉の国から逃げ帰ったイザナキノミコトが、穢《けが》れを払うためにミソギを行ったところ、左眼からアマテラス大神《おおみかみ》、右眼からツクヨミノミコト、そして鼻からはスサノオノミコトという三貴子（神）が誕生するのである。この場所が、古事記では出雲国の伊賦夜坂《いふやざか》と書かれている。つまり、イザナキノミコトは出雲の地でアマテラス大神、スサノオノミコト、そしてツクヨミノミコトを作ったことになる。これをどう解釈するか。

文字どおりに考えれば、出雲の土地こそ高天原《たかまがはら》なのだということである。アマテラス大神とスサノオノミコト、ツクヨミノミコトという三柱《みはしら》の神が生まれた場所だからである。他に、考えようがない。

ところがその後突然、高天原で弟のスサノオが乱暴なので、アマテラスによって追放され、朝鮮半島の新羅《しらぎ》に行ったり、そのあと出雲へ来たりしている。出雲へ来たスサノオノミコトは、人々を苦しめているヤマタノオロチを退治して、その後出雲国を興すのである。だが、その後高天原のアマテラス大神が突然、出雲国に対して『国譲り』を迫るのである。『とにかく今後出雲国は我々が治めることにする』という、一方的な宣言である。

しかし、これはおかしいではないか。出雲を愛するわれわれとしては、納得できない。今もいったように、イザナキノミコトがアマテラス大神たちを生んだ場所が、出雲国の中なのである。とすれば、そこが高天原ではないのか。高天原のアマテラス大神が出雲の国王、当時のオオクニヌシノミコトに、国譲りを迫るのも考えてみればおかしいのだ。出雲国を造ったのはアマテラス大神の弟、スサノオノミコトである。何しろ、ヤマタノオロチを退治して、出雲国を治めたと古事記には書かれているのだから、アマテラス大神から見れば自分の弟が造った国である。国譲りも、何もない。自分の弟が造った国を、わざわざ、譲れという必要もないだろう。それに、出雲王国はさっきもいったように、九代にわたって国王が統治し、その国王の大きな墓が多数あるのだ。

また、最近まで出雲国というのは、島根県東部の小さい国だと思われていた。だから簡単に国譲りもしたと考えられていたが、一九九六年十月十四日、銅鐸《どうたく》三十九個が発見、それ以前にも銅剣三百五十八本、銅矛十六本などが発見されて大騒ぎになった。中でも銅鐸三十九個は、当時日本全国で発見された銅鐸の一割にあたり、銅剣三百五十八本は全国で発見された銅剣の総数を上まわっていたのである。つまり、それだけの強国だったのである。その強国が、国を譲れといわれて、唯々諾々《いいだくだく》と大和朝廷に献上したとはとても思えない。

古事記の出雲神話では、国譲りを要求されて、オオクニヌシノミコトは簡単に国を譲ってしまうのだが、後に作られた日本書紀では頑強に抵抗したと、書かれている。その年月が三年と八年、合計十一年に及ぶのである。国譲りの使者が来て、それに従ったのならば一年どころか、三日か五日くらいで国譲りの神事は終わってしまっていたろう。それが、十一年も続いたというのはそれだけ、出雲国が頑強に大和朝廷に抵抗したということではないのだろうか。

それではいつ戦いがあり、どんな形で出雲王国は滅亡したのか。それが想像できる記述がある。崇神《すじん》天皇の時代、大和朝廷では四道将軍を派遣して、大和朝廷の領域を拡大している。大和朝廷のヤマトタケルと、出雲王国のイズモタケルの二人が、ヤマタノオロチで有名な斐伊川で水浴したあと、ヤマトタケルが先に水浴から出て、刀と木刀を取り替えてしまう。それを知らなかったイズモタケルは、ヤマトタケルに討ち果たされてしまうのである。

このヤマトタケルが神話の中のスサノオノミコトではないのだろうか。なぜなら、ヤマトタケルの人物像と、スサノオノミコトの人物像とがよく似ているからである。

ヤマトタケルは景行《けいこう》天皇の三男に生まれ、女装してクマソを討伐。翌年には東征をし、途中、伊勢神宮《いせじんぐう》で倭姫《ヤマトヒメ》から天叢雲剣《あめのむらくも》を受けている。火攻めにあった時、天叢雲剣で草を薙《な》ぎ払い助かっていて、その後ヤマトタケルはアマテラス大神に天叢雲剣を献上しているのだが、スサノオノミコトもヤマタノオロチを退治した後、オロチの尾を切るとそこから剣が出て来て、草薙剣《くさなぎ》と名付けたあと熱田《あつた》神宮に献上している。

ヤマトタケルも、スサノオノミコトも、手柄を立てたあと、その土地の娘と、結婚しているのだが、これもまったく同じである。

おそらく、ヤマトタケルの方が、歴史的な事実であって、そのことを神話の時代に移してスサノオのヤマタノオロチ退治の神話を作ったに違いないのだ。

また、崇神天皇は、出雲に対して、国譲りに似たことを、やっている。この頃、出雲は、すでに、大和朝廷の属国になっていた。まだ王はいたが、属国の王である。

日本書紀の崇神天皇の項に、出雲大神の宮にある「神宝」を見たいといったとある。どんな神宝かはわからないが、玉の産出国だからさぞ美しい玉だったのだろう。属国の王は、大和朝廷には逆らえない。使者が、その神宝を持参して、崇神天皇に見せようとしたに違いない。ところが、神宝の管理者が、留守で、すぐに応えられなかった。大和朝廷は、怒って、ヤマトタケルを派遣して、出雲国の斐伊川のほとりで、イズモタケルを刺殺する。

もちろん、ヤマトタケルとか、イズモタケルは、個人名ではなく、大和朝廷、出雲王朝を指すのだろう。多分、この時、出雲の最後の王は亡くなり、王国は滅《ほろ》びたのだ。

四隅突出型墳丘墓は、九号以後造られていないから、十号が、最後の王になるはずだったと、われわれは考える。その王の名前は、オオクニヌシノミコトではないだろうか？　記紀神話によれば、オオクニヌシノミコトは、高天原のアマテラスに出雲国を国譲りしてから、出雲大社に引き籠って、現世ではなく、あの世を司《つかさど》ることになったというが、出雲に伝わる風土記によれば、オオクニヌシが死ぬと、出雲の神々が、悲嘆に暮れ、出雲大社を造って、祀《まつ》ったというのである。いかにも、出雲王国が、大国の大和朝廷の横暴さの前に滅びていったことが想像されるのだ。

記紀の作者、あるいは編纂《へんさん》を命じた天皇は、出雲王国の滅亡を、何とか、優しいものにしようと考えた。出雲の人々の恨みが、なかなか消えなかったのかも知れない。そこで、神話にことよせて、「国譲り」というお伽話《とぎばなし》を作り上げた。しかし、反抗は、簡単に収まらなかったのだと思う。なにしろ、九代続いた王国だし、数多くの銅鐸や銅剣が発掘された強国だったからだ。そこで、大和朝廷は、どうしたか。

高天原と出雲に共通の英雄を作り上げたのだ。アマテラス大神の弟のスサノオノミコトである。その英雄が、出雲にやってきて、長年出雲の人々を苦しめていたヤマタノオロチを退治した。これもお伽話を作り上げたのだ。

もちろん、ヤマタノオロチ退治は、寓話《ぐうわ》であって、暴れ川の斐伊川が、毎年氾濫を起こして、人々を苦しめていたのを、治水工事によって、治めたということは、誰にもわかることである。しかし、高天原からやってきたスサノオノミコトが、長年氾濫を繰り返してきた斐伊川の治水に成功するはずがない。そうでしょう？ 治水は、そんなに簡単なものじゃない。それに、出雲の王のオオクニヌシノミコトは、農業、漁業に熱心だったといわれているのです。これでは、なかなか、スサノオが出雲の英雄にはならない。そこで、記紀の作者は、さまざまな嘘《うそ》を神話に組み込んでいった。

その一つが、オオクニヌシを囲む神々は、全員悪者だというストーリーを作ることです。なぜか、神々は、オオクニヌシに意地悪をし、時には、殺そうとするのです。その度に助けるのが、スサノオなのです。ただ助けるだけではありません。政治について、農業について、スサノオが教え、そのおかげで、オオクニヌシは、立派な出雲の王になっていくことになります。もっと、あけすけにいえば、オオクニヌシの功績は、スサノオの功績だということです。

スサノオの子供が、オオクニヌシだという話も作られました。これほどいい加減な親子関係はないと笑ってしまいますよ。スサノオの子がオオクニヌシだといったり、六代目の子が、オオクニヌシになったり、時には、スサノオの娘とオオクニヌシが結婚したという話になったりするのです。

どれも、納得できる話じゃありません。無理がある。当然です。今でいえば、自国の神（英雄）より、他国の神（英雄）の方が偉い、尊敬しろというのですから。

そこで、大和朝廷は、神の数に賭けたのです。正確にいえば、神社の数です。今よりはるかに、信仰心の強かった頃は、神社の数が、信仰の強さにつながっていた。それを狙ったのです」

そこまで語ってから、男は、ふと、窓の外に眼をやった。

「今、加茂中《かもなか》駅を通過した。この加茂中と、古代史が、どう連《つら》なっているか、知っている人はいますか？　いたら、手を上げて」

と、男は、車内を見まわした。

だが、誰も、手を上げないし、口を開こうとしない。

「残念だな。ここは、魏志倭人伝《ぎしわじんでん》に出てくる、卑弥呼《ひみこ》が貰《もら》った三角縁神獣鏡が発掘された場所だよ。私との三時間の旅が終わった時、その鏡のことを知りたかったら、ここに戻ってきたらいい」

「質問がある」

と、ふいに、四十五、六歳の男性客が、手を上げた。十歳くらいの男の子と一緒だった。

列車がジャックされたことにも、猟銃の発射にも、怯《おび》えている感じは、なかった。

「何を知りたい？」

と、犯人の一人が、聞く。

「今、君は、旅が終わったあとで、三角縁神獣鏡のことを知りたければ、加茂中に戻ったらいいといった。それは、私たちを殺さないと受け取っていいのか？」

と、男が、聞く。マイクを持った犯人が、微笑した。

「われわれは、人を殺したり、列車の破壊が目的ではない。出雲神話を愛する皆さんに、われわれが考える真の出雲神話を知って貰いたいのだ。だから、三時間、辛抱して頂きたいのだ」

2

一一時五二分。

木次駅に到着した。木次線の中で、もっとも大きな駅である。待避線もあるし、駅舎も大きい。

「この木次駅で、五分間、停車する」

と、マイクの男が、いった。

「しかし、ドアを開けることも、ホームに出ることも禁止する。もし、この指示に従わなければ、容赦なく射殺する」

「五分間停車して、何をするのかね？」

と、さっきの四十代の男が、聞いた。相変わらず、怯えた様子はない。そのことが、犯人は気になったのか、

「君は、警察の人間か？」

と、聞いた。男が、笑った。

「私は、平凡なサラリーマンだよ。今日が休みなので、息子を連れて、奥出雲の観光に来ただけだ」

「それなら、君も静かに聞け」

と、マイクなしで、いってから、犯人は、また、マイクを使って、

「これから、われわれの要求の本筋に入る。それは、古事記と日本書紀のいわゆる記紀の描く神話が、いかに、権力者側、大和朝廷側に有利に作られているかを正したいのだが、その前に、スサノオノミコトと、オオクニヌシノミコトのどちらの神社が、多いかを、教えよう。出雲の神社で、オオクニヌシノミコトを祀る神社は二百八十九社、これに対してスサノオノミコトを祀る神社は三百六社で、スサノオを祀る神社の方が、多いのだ。出雲人が、オオクニヌシよりスサノオを尊敬していた証拠だという人もいるが、われわれは、逆に考える。支配者になった大和朝廷が、支配を正当化するために、必死で、スサノオを祀る神社を建てていった結果だということである。その理由を、これから明らかにしていくが、それほどまでして、大和朝廷がなぜ、出雲国を手に入れたがったのかも、考えてみたいのだ。できれば、君たちとともに考えたい」

犯人は、「君たちとともに考えたい」と、いったが、乗客の方は、黙ったままである。犯人も、勝手に話し続けた。

「古来、出雲民族は、どんな民族だったのか。これから木次線は、山に入って行く。斐伊川の上流に上って行き、ヤマタノオロチ伝説の世界が、皆さんを待っている。それで、山の民族、陸の民族と考えがちだが、違うのだ。出雲民族は、もともと、海の民である。なぜ、そういえるのか。出雲の象徴的存在は、出雲大社だが、山の中ではなく、海に近い場所に建てられている。出雲の国造りが、国引きで行われたという神話がある。稲佐《いなさ》の浜に、出雲の神々が集い、出雲が小さいので、他の国の余った土地に縄をかけて、引っ張ってくるという神事である。国引きは、四回行われ、朝鮮半島、隠岐《おき》、能登《のと》、島根半島からといわれているが、すべて海の土地である。

また、誰もが知っている因幡《いなば》の白兎《しろうさぎ》の神話がある。ここは、山の中ではなく、日本海に面した美しい海岸が、舞台である。この話は、皆さんも、よく知っているだろうが、念のために、簡単に説明すると、隠岐の島から稲羽《いなば》（因幡）に渡ろうとして、白兎は、和邇《わに》を欺《だま》して並べ、その背中を渡っていく。欺されたと気付いた和邇に捕まり、衣服を剝ぎとられてしまうが、優しいオオクニヌシノミコトが通りかかって、助けるという話である。これは、海岸の話で、山の中の話ではないし、大蛇（ヤマタノオロチ）ではなく、和邇（フカ、サメ）である。

もっとも、強く、出雲が海の民であることを示すのは、島根半島の東端にある美保《みほ》神社だ。ここに祀られているのは、大和の神ではなく、出雲の王、オオクニヌシの子、コトシロヌシノミコトである。

この美保神社には、古代から、出雲の人々が、使った諸手船《もろたぶね》と呼ばれる丸木舟が、飾られている。全長六・五メートルで、モミの大木をくりぬいて造り、外側を黒く塗ったものである。この船に乗って出雲の人々は、日本海を、縦横に航海したのである。皆さんも、美保神社に行ったら、ぜひ、この諸手船を見て欲しいのだが、その時、できれば、一緒に飾られているもう一艘《そう》の船にも注目して欲しい。その船が、沖縄の漁民が、使うサバニなのだ。しかも、そのサバニは、諸手船と同じ、島根県指定有形民俗文化財に指定されている。これが、どういうことかわかりますか？　古代、沖縄の人々が、サバニに乗って、島根半島の沖まで、漁に来ていたということです。もちろん、出雲の漁船も、沖縄に行っていたということなのだ。朝鮮半島にも行っているから、出雲の人たちは、諸手船を操って、日本海を自由に航海し、交易をしていたんですよ。陸の民の大和族は、その利益を狙って、出雲に、触手を伸ばしてきたのです。このことから、われわれが、思い出すのは、沖縄（琉球《りゅうきゅう》）の海の貿易の利益を狙って、攻め込んだ薩摩《さつま》藩のやり方ですね。力で、ねじ伏せて、交易の利益を手に入れた、その横暴さを、もっともよく知っていたのは、昭和天皇だと、われわれは、思っているのです。なぜなら、戦後、沖縄ご訪問の話があった時、昭和天皇は、果して歓迎されるかどうか心配されたという。その理由について『何といっても（薩摩）隼人《はやと》の子孫だから』と、いわれたという。天皇は、しっかりと、琉球を占領した薩摩藩の横暴さをよく知っておられたということです。われわれは、大和朝廷も出雲王国に対して、同じことをしたと考えているのです。記紀は、国定教科書みたいなものですから、ひたすら、平和的な国譲りがあって、大和朝廷に組み込まれたことになっていますが、これは明らかに嘘です。古事記によれば、高天原からアマテラスの使いがやって来て、出雲王のオオクニヌシに向かって、『そなたが領有する葦原《あしはらの》中国《なかつくに》（出雲国）は、わが御子が支配すべきだとのお言葉である。そなたの考えはどうか』と尋《たず》ねた。オオクニヌシは、『私は申し上げることができません。わが子のコトシロヌシがお答え申します』と、答えた。そこで、美保の関にいるコトシロヌシに尋ねると、コトシロヌシは、父のオオクニヌシに『恐れ多いことです。この国はアマテラスの御子に差し上げましょう』といったというのです。国と国との折衝ですよ。しかも出雲国には、オオクニヌシという立派な王がいたのです。それに、銅鐸三十九、銅剣三百五十八が出土するような大国だった。それが、『お前の国を私の子に譲れ』といわれて、『はい、お譲りします』というはずはないのです。記紀は戦争ではなく、あくまで、国譲りがあったとしていますが、それでも、国譲りに、三年プラス八年、合計十一年もかかったと、記しているのですよ。国譲りの話し合いが、十一年もかかるでしょうか？　これが、激しい戦争がありその結果、出雲が、屈服したというのなら、われわれは、納得できます。ここで、問題になるのは、大和朝廷の占領政策です」

話しつづけた犯人は、ここで、一服した。

一二時一五分。

二両編成の列車は、木次線で一番長い、下久野《しもくの》トンネルに入った。

この辺りは、一〇〇〇分の二五の上りである。その上、全長二千二百四十一メートルのトンネルに入ったので、列車のスピードも、自然に、遅くなってくる。トンネルを抜けたところで、犯人の一人が、用意してきた冷えた缶コーヒーを、乗客に配り始めた。これで、緊張していた車内の空気が、いくらか、ゆるやかになった。

この頃になって、木次の駅長が、異常に気付いた。

五分間停車したが、ドアは、開かず、駅員が、無理に開けようとすると、車内にいた中年男に、銃を向けられて、脅かされたというのである。

二両編成の普通列車が、トレインジャックされたらしいという知らせは、木次駅長から、島根県警に知らされた。

県警の刑事二十人が、パトカーに分乗して、木次駅に、急遽《きゅうきょ》捜査本部を置いた。

駅長の報告に、刑事たちが、緊張したのは、三人の犯人が、銃身を短くした猟銃を一丁ずつ持ち、脅しに、何発か発射したというからである。

「何人の人間が、人質になっているんですか？」

と、捜査の指揮をとる川口《かわぐち》警部が、岸田《きしだ》駅長に聞いた。

「運転士一人と、乗客合わせて六十人ほどです。ほぼ、満員で、日曜日なので、子供も十人乗っています。ただし、正確な数字ではありません」

「列車は、現在、どの辺を走っていますか？」

「現在、下久野トンネルを抜けて、出雲八代《やしろ》に近づいています」

「その辺りの地形は？」

「この木次駅を出ると、列車は、山の中に入って行きます。人家は、あまりありません。線路は、上り坂が、続きます」

と、駅長が、答えた。

「終点は？」

「備後落合で、ここで、芸備線と、つながっています」

「それなら、大きな駅ですね？」

「いや、小さな無人駅です」

「今から、何分ぐらいで、問題の列車は、その終点に着きますか？」

「二時間十分ですが、犯人が、どう出るかわかりませんので、この時間が変わるかもしれません」

「しかし、いくらスピードを上げても、そんなに早くは、着かんでしょう？」

「そうですね。上りですし、三段スイッチバックもありますから」

「それなら十人を、ヘリで、終点の備後落合に送ろう。それが、できれば、終点近くで挟み撃ちにできる」

と、川口警部が、いった。

猟銃を持つ犯人である。木次線の中で、逮捕したかったのだ。

このニュースは、不思議なことに、東京の警視庁捜査一課でも、問題になった。

三田村《みたむら》刑事が、十津川《とつがわ》に、いった。

「神話のふる里を走る木次線が、トレインジャックされたようです」

「知ってるよ。しかし、島根県警か、鉄道警察隊の担当だろう？」

「そうですが、今回は、ひょっとすると、うちに関係がありそうなんです」

「どうしてだ？」

「今日は、日曜日で、小学校は休みです」

「それで？」

「亀井《かめい》刑事の息子さんは、鉄道マニアで、前から、木次線に乗りたがっていて、昨日、亀井刑事が、明日、木次線に息子と乗ってくると、いっていたんです」

「しかし、ジャックされた列車に乗っているとは限らんだろう?」

「心配になって、亀井刑事のケータイにかけてみたんですが、鳴っているのに、出ないんです」

「今、ジャックされた列車は、走行中だったな?」

「そうです」

「亀井刑事には、今、かけたのか?」

「五分前です。普通なら、すぐ出てくれるんです。出られない事情があるんだと思います」

「心配になってきたな」

と、十津川は、時計に眼をやった。

一二時三〇分。

時刻表通りに走っていれば、間もなく、出雲三成《みなり》に着く列車がある。

この列車に、亀井刑事と、息子の健一《けんいち》十歳が、乗っているのだろうか?

亀井刑事親子が、ジャックされていない車両に乗っていれば、三田村刑事の電話に出ているだろう。

何か用事があって、出られなければ、そのあとで亀井刑事の方からかけてくるはずである。

と、すれば、亀井親子が、ジャックされた列車に乗っている可能性が高い。

「島根県警に電話して、この事件の担当につないでくれ」

と、十津川は、いった。

トレインジャックされた列車は、ほぼ、時刻通りに、出雲三成駅を通過した。

新しくマイクを握った犯人は、小さく咳払《せきばら》いしてから、喋《しゃべ》り始めた。

「十一年の戦いのあと、ようやく、出雲国を屈服させた高天原（大和朝廷）は、占領政策に取りかかった。その占領政策は、一見すると、宥和《ゆうわ》政策だったと思われる。今回の戦争は、本来は、国譲りだったと、発表する。出雲王のオオクニヌシノミコトも、子のコトシロヌシも、国譲りを受け入れたのに、他の出雲の神々は反対した。それだけでなく、オオクニヌシを、殺そうとしたのである。われわれは、オオクニヌシを守るために、八十神《やそがみ》と戦わなければならず、そのために、十一年間も、かかってしまったのであると、大和朝廷は、主張したのだ。

第二の占領政策として、アマテラスの弟スサノオノミコトを、出雲の占領司令官として、派遣した。その頃、スサノオノミコトの名前は、よく知られていたのだと思う。戦いの英雄としてである。

オオクニヌシは、戦いの英雄ではなく、優しさで知られていたと思われる。因幡の白兎を助けた話でもよく知られていたし、人々の信仰心から、オオクニヌシは、縁結びの神、ダイコクサマになり、子のコトシロヌシは、エビスサマになったのです。どちらも、戦争とは無縁の平和の神である。

これは、明らかに、大和朝廷の占領政策です。銅剣三百五十八本、銅矛十六本が発見され、それも、一ケ所から発掘されたことを思い出して下さい。本来なら、バラバラに発見されるのが自然なのに、なぜ、一ケ所で見つかったのか。考えられることは、一つしかありません。出雲王国は、大和朝廷に敗北したあと、武力放棄させられた。そして、平和の使者のようなダイコクとエビスに祭り上げられたのです。それをしたのは、占領軍司令官のスサノオノミコトです。それ以外に考えられない。

この時のスサノオを考えると、太平洋戦争で敗北したあと、日本占領にやってきたマッカーサーを思い出すのです。当時、マッカーサーは、アメリカの英雄でした。アメリカ陸軍で、もっとも若く大将になり、フィリピンから撤退する時、『アイ・シャル・リターン』という言葉を残しましたが、この声明は、有名です。一九四一年には、アメリカ極東軍司令官になり、翌四二年には、連合国軍南西太平洋方面司令官となり、日本人にとって、もっともよく知られた敵国の司令官でした。アメリカは、そのマッカーサーを日本占領の司令官にしたのです。大和朝廷も、同じです。暴れん坊で、アマテラスの弟という有名人で、その上、出雲に乗り込む時、標高一一四二メートルの船通山《せんつうざん》（島根県奥出雲町）に、天降《あまくだ》っているのです。それは、まさに、マッカーサーが、厚木《あつぎ》飛行場に専用機バターン号で、乗り込んできたのに、よく似ています。しかも、マッカーサーが、最初にやったことは、天皇を守る、戦争責任は、問わないといって、日本人を安心させ、当時は食糧不足が深刻だったが、マッカーサーは、『私がいる限り、日本国民を飢えさせない』と、いって、日本人から、感謝されるようなことをしているのです。

スサノオも同じです。出雲にやって来て、最初にやったことは、出雲の人々を苦しめていたヤマタノオロチを退治することでした。他にやったことは、時の出雲の王、オオクニヌシを殺さずに、表面的には、大切に扱いましたが、出雲国の中に、オオクニヌシを祀る神社より、スサノオを祀る神社を多くして、否応《いやおう》なしに、スサノオは、自分の方がオオクニヌシより上なのだということを、示したのです。マッカーサーも同じです。天皇を尊敬しているといいながら、実際には、マッカーサーが天皇より上であることを示したのです。マッカーサーの正体は、占領軍司令官で、暴君です。その証拠に、東條《とうじょう》元首相たちに裁判で死刑を宣告し絞首刑にしました。平和に対する罪としましたが、実際には誰が見ても、勝者が、敗者を絞首刑にしただけのことです。スサノオも同じです。記紀によれば、出雲の王オオクニヌシが、高天原のアマテラスに、国譲りをしたので、アマテラス側が、出雲大社を建て、オオクニヌシを、大社に住まわせ、現世ではなく、あの世を委《まか》せることにしたというのです。しかし、これは、大和朝廷が作成した古事記と日本書紀に書かれた歴史であって、出雲人の作った風土記によれば、オオクニヌシは、自ら死を選び、その死を悼んだ出雲の神々が、出雲大社を建て、オオクニヌシを祀ったとあるのです。つまり、オオクニヌシで、出雲王国は滅び、大和朝廷が、支配することになったということです」

木次線は、さらに、山に入っていく。

三人目の犯人が、マイクを受け取って、声を張り上げた。

「大和朝廷の最大の罪は、何だったのか？　それは、出雲国と、出雲の人々の歴史と生活を変えてしまったことです。前の二人が話したように、出雲国は、海の民でした。黒く塗った丸木船を自在に操って、沖縄や、朝鮮半島まで、航海していた海の支配者で、豊かな生活を送っていたのです。その幸を狙って、大和朝廷が、侵攻してきました。十一年間の戦いのあと、出雲は、敗北しました。出雲の王は、オオクニヌシで終わりました。そのあと、大和朝廷は、何をしたか。何度でも繰り返します。海を取り上げたのです。海の民を山に追いやったのです。斐伊川という川があります。その上流に、出雲の人々を追いやったのです。そこにあったのは、ヤマタノオロチと、たたら製鉄です。これは、山の民の神話です。出雲の民から、海を取り上げた大和朝廷によって、それまでの海の神話は、奇妙な、ゆがんだストーリーになってしまいました。

例えば、美保神社の祭りがあります。四月七日の青柴垣《あおふしがき》神事と十二月三日の諸手船神事で、ともに国譲りに由来しています。前者の形はコトシロヌシが、父のオオクニヌシに国譲りを進言したあと、海に設けた青柴の垣内に入水《じゅすい》して、死を選ぶという奇怪な神事。後者は、丸木船の競走という勇壮なものですが、それは、オオクニヌシの使いがコトシロヌシのもとへ、国譲りをどうするか丸木船を漕《こ》いで意見を聞きに行く伝説がもとになっています。また、出雲大社に、日本中の神々が集る神在月《かみありづき》（他の国は、反対に神無月《かんなづき》になる）は、楽しい神事のはずなのに、実際には、祭りの間、斎戒《さいかい》・謹慎して、歌舞音曲をつつしみ、家の造作も停止するので、御忌祭《おいみさい》といわれているのです。

つまり、出雲の民は、海を取り上げられた悲しみを祭りの中に込めているのです。もう一つ、出雲大社の裏、日本海に面して、日御碕《ひのみさき》神社があります。この神社は、スサノオノミコトと、アマテラスの二神を祀っているのですが、何のために建てられたかといえば、伊勢大神宮は日本の昼を守り、日御崎神社は日本の夜を守るというのです。この神社の位置も考えれば出雲大社を監視している、出雲の海に出るのを抑えているとしか考えられないのです。

今、われわれの乗っている木次線は、神話列車と呼ばれています。この乗客のほとんどが、これこそ、出雲神話だと、感動しているだろうが、まったく違うのだ。すべて、大和朝廷によって、押しつけられた神話なのだ。現在の日本の社会、そのすべてが、マッカーサーに与えられたものではないのか、それを、昔からの日本と思い込んでいるのではないか。それとまったく同じことなのですよ。宍道で木次線に乗り、ここまで来る間、普通にいわれる出雲神話のさまざまな神社や、神話の里の近くを通ってきました。須我《すが》神社はスサノオが、ヤマタノオロチを退治したあと、クシナダヒメと、ここに来て、わが心すがすがしといったという。八本杉は、スサノオが、ヤマタノオロチの首を埋めた土地、八俣大蛇《やまたのおろち》公園も、スサノオが流れてくる箸《はし》を拾った場所、天《あま》が淵《ふち》はヤマタノオロチが住んでいた所、尾留《おとめ》大明神は、ヤマタノオロチの尾から天叢雲剣が発見された場所、河辺《かわべ》神社は、クシナダヒメが、産湯《うぶゆ》の水を発見した、温泉神社も同じくクシナダヒメに関係がある。こうした神社や場所は、木次線を使って行くことができますが、海の民出雲の人々と関係がある所は、一つもないのですよ。すべて、山の民の神社であり、土地なのです。そこを、皆さんは、よく考えて下さい。神話さえ、すり替えられてしまうのです。皆さんは、スサノオを英雄と考え、オオクニヌシを助けて出雲国を造り上げたと今まで、思い込んで、この木次線の沿線が、出雲神話の里だとして、今日木次線に乗ったのでしょうが、それが、大きな間違いだと、少しは、わかって頂けたかな？　次に、出雲に来ることがあったら、海辺に広がっていた出雲王国をゆっくり見て歩いて頂きたい。出雲大社、稲佐の浜、美保神社、白兎《はくと》海岸と、海岸を見て歩けば、大和朝廷によって、ねじ曲げられてはいるが、出雲国の人々が、山の民ではなく、海の民であることが、わかるはずです。もう一つ、スサノオノミコトを、この出雲では、英雄と呼ぶのは、止《や》めて欲しい。スサノオは、あくまでも高天原の英雄であって、出雲にとっては、征服者でしかないのですよ。マッカーサーと同じです」

そこで、犯人三人のリレー式の演説は休みになり、一人目の犯人は、ケータイを取り出して電話をかけた。相手はＪＲ木次線の木次駅長だった。駅長が、声をふるわせた。

「君たちの要求は、何《な》んだ？　金か？」

「金は必要ない」

と、犯人が、いう。

「金でなければ、何が欲しいんだ？」

「われわれは、すでに滅びてしまった出雲王国の名誉を取り戻したいと考えている。具体的にいえば、大和朝廷によって創られた出雲神話のほとんどが、斐伊川に沿って走るこの木次線の周辺にある。そこに出てくるスサノオの名前を、まず、消して貰いたい。また、スサノオが活躍する神話は、ほとんどが創りごとだから、今後、捨て去って欲しい。この列車が、終点の備後落合に着くまでに、この二つを約束して貰いたいのだ。さもなければ、備後落合で、何が起きるか、わからないぞ」

次に、二人目の犯人は、リュックサックから勾玉を使った首飾りを取り出して、テーブルの上に並べていった。

それを持って、犯人たちは、二両連結の車両を歩きまわり、乗客たちに、一つ一つ渡していった。

「いいか。今渡した勾玉は、出雲王国のシンボルだった。同じ勾玉が、朝鮮半島でも九州などでも発見されている。つまり、出雲民族は、勾玉を海を渡って、売り歩いたのだ。君たちは、今日一日、その首飾りを外してはいけない。出雲民族の誇りを、今日一日、胸に飾って欲しいのだ。この木次線を降りてからもだ。もし、その首飾りについて聞かれたら、こう答えてくれ。古事記と日本書紀に出てくる出雲神話も、出雲の姿も間違っている。スサノオは、英雄ではない。出雲にやってきた征服者である。美談を粧《よそお》って、出雲王国を破壊した。そんな征服者の名前は、木次線から消してしまうのだ。そうでもしなければ、正しい神話は生まれて来ない。わかったな」

島根県警は、今も、ジャックされた車両を、どうやって、停止させるかを考え続けていた。

犯人は、中年の男三人らしい。三人とも猟銃を所持している。

人質になっているのは、運転士一人と、乗客六十人ほど。

ほとんどが、観光客で、子供も十人含まれている。

列車は、現在、出雲横田《よこた》駅の手前を、走っている。

犯人たちの要求は、金銭ではなく、古事記、日本書紀で伝えられる出雲王国の盛衰は、嘘で固められている。国譲りは嘘で、実際には十一年間にわたる戦争があった。その後、出雲神話は、大和朝廷に都合よく書き換えられた。そうした間違いを正しい神話に直すのが、われわれの目的であると、犯人は述べているのだ。

しかし、島根県警としては、いかにして、犯人を逮捕し、乗客と運転士を助け出すかが、最優先の課題だった。

何しろ、この先には、有名な三段スイッチバックがある。山の中で、トンネルが続きパトカーが、入り込めるところはない。

こちらも、木次線の車両を使わなければ、あるいは、徒歩でなければ、三段スイッチバックを進むことは、難しい。

戦術は、簡単だった。

終着の備後落合駅に、刑事を先まわりさせ、こちらから追う刑事と、挟み撃ちにすることである。

問題は、それが、上手《うま》くいくかどうかだった。

先まわりは、成功した。

航空自衛隊の協力はうれしかったが、民間が所有していた二機の大型ヘリを借りることができて、十名の刑事を備後落合駅に、運ぶことが可能になった。

無人駅のホームに、武装した十名の刑事を、降ろすことに成功したのだ。

次は、宍道側から、臨時に、一両の車両を出して貰い、十名の刑事が乗って、犯人にジャックされた二両編成の列車を追うことだ。

両者の間には、三両の列車が、走っていた。

何とか連絡して、待避線のある駅で、そちらに、避《よ》けて貰うが、ない場合は、追いついて、乗り換えるより仕方がない。

「ジャックされた列車が、間もなく、三段式スイッチバックに入ります」

と、刑事たちに、伝えられた。

警視庁捜査一課も、緊張に包まれていた。

十津川のケータイに、突然、トレインジャックした犯人の声が、飛び込んできたからである。

「ジャックされた亀井刑事が、こちらのケータイの番号を押して、私が出たら何もいわずに、つながったままにしているんだ」

と、十津川が、いった。

「しかし、よく犯人に気付かれませんでしたね？」

と、刑事たちが、いう。

「いや。犯人は、気付いていると思う」

「それなら、なぜ？」

「今回の犯人は、普通のトレインジャックじゃない。金銭目的じゃなくて、自分たちの主張を、みんなに知って貰いたいんだ。だから、ケータイの邪魔もしなかったんだと思うね」

と、十津川は、いった。

「われわれは、誤った出雲神話を、正そうとして、今回、木次線をジャックした。それを、わかって欲しい」

男の声が、叫んでいた。

第四章　生と死と諏訪《すわ》

1

今回のトレインジャック事件に、対応しているのは、島根県警本部捜査一課であり、その指揮に当たっているのは小島《こじま》一課長だった。すでに小島は部下の刑事十人とともに、ヘリコプターを使って備後落合《びんごおちあい》駅に来ていた。無人駅のホームに、駅舎から、机を一脚持ってきて、そこを、仮の捜査基地とした。

机の上に広げられているのは、木次《きすき》線の、特にこの備後落合駅に近い山中にある、三段スイッチバックの地図である。ホームの前には線路が走っている。その線路の彼方に小島は目をやった。単線の線路である。その向こうに「山」というよりも、山の塊が重なっている。ここからは見えないが、その山並みの緑の中にあるはずなのが、三段スイッチバックである。

連絡によれば、トレインジャックされた二両連結のディーゼル列車は、間もなく、その三段スイッチバックに突入するという。

その車両には運転士一人と乗客五十九人が乗っていることはわかっている。犯人は中年の男三人。三人とも猟銃を持ち、六十人の人質を押さえ込んでいる。三段スイッチバックからここまでは、単線である。従って他のルートに逃げる道はないのだ。この備後落合駅で待っていれば、あと何十分かで占拠された客車二両の列車は、否応《いやおう》なしにここに現れるはずである。

（川中島《かわなかじま》合戦のきつつき戦法だな）

と、小島は思っていた。

犯人たちは運転士を脅して、自由に列車を止めることができる。しかし、木次駅側からも刑事たちの乗った列車が犯人たちの乗った列車に迫っているはずなのだ。したがって恣意《しい》的に停車させることはできない。追い出される形で間もなく、犯人たちの占拠した列車はこちらに姿を現すはずである。

それは、小島課長がいつか、小説で読んだことのある川中島合戦の話のごとく、武田《たけだ》方二万が目の前の山上に布陣して動かない上杉《うえすぎ》方一万二千を、背後からきつつきよろしく追い出し、両側から挟み撃ちにするという有名な戦法のように、事態は進展していくだろうと、考えていた。

(あの川中島では、武田と、上杉のどっちが勝ったんだ?)

と、考えた時、机の上に並べたケータイの一つが鳴った。小島が手を伸ばす。島根県警本部の刑事部長からの連絡だった。小島にとって、直属の上司である。

問題の列車に、警視庁のベテラン刑事が乗っていることは伝えられているが、そのベテラン刑事の名前は亀井定夫《さだお》四十五歳。その刑事の写真を送るという。

「これからその写真を送る。亀井刑事は、長男で十歳の健一が鉄道マニアで木次線に乗りたいというので、休暇を貰い、二人で木次線に乗っていて今回の事件に遭遇した。親子の写真も送るから、注意するように」

刑事部長は、亀井刑事と長男の写真を送って来た。

小島一課長は十人の刑事のケータイに、二人の写真を取り込むように指示して、

「これからどんなことになるか、わからないが、接近戦になった時には、このベテラン刑事がいることを忘れるな」

と、いった。

小島は、改めて机の上に広げた木次線の地図を見つめた。小島も土地の人間だから、何回か木次線には乗っていた。今でも一番心に残るのは、三段式のスイッチバックである。木次線は山の中ということもあるし、乗ってみれば、その言葉が本当だとわかる。木次駅を過ぎると、一〇〇〇分の二〇の上りになる。出雲横田《いずもよこた》駅を過ぎるとさらに険しくなって、傾斜は、一〇〇〇分の三〇である。その先、山の中を走る列車は、出雲坂根《さかね》駅で壁にぶつかってしまう。山のかたまりに、行手をさえぎられて、スイッチバックでなければ、進めなくなるのだ。列車が止まると、ワンマンカーだから運転士が先頭の運転席から、通路を通って、反対側の運転席まで、駆けて行く。スイッチバックの始まりである。トンネル工事が大変なので、それを避けるために設けられたのが、スイッチバックなのだが、それでも、山は険しく、出雲坂根駅と三井野原《みいのはら》駅の間には、トンネルを九ケ所掘らざるを得なかった。

二つの駅の間の高低差は百六十七メートル。九つのトンネルがあるスイッチバックというのは、たぶん、この木次線以外にはないだろう。

九つのトンネルを抜け、次の三井野原駅に到着する。この駅の標高は、七二六メートル。JR西日本の中で、最高地点の駅である。それだけにこの辺りは、冬には雪が積もり、スキー場もある。この三井野原駅を過ぎると、今度は一〇〇分の三〇の下り坂である。そして、二十分余りで備後落合駅である。

2

備後落合駅に設けられた、島根県警の捜査拠点には、ドローンで上空から撮った木次線の俯瞰《ふかん》写真が、携帯テレビの画面に映し出されていた。緑の山並みといえば、爽《さわ》やかな感じだが、今、画面に映し出されている山は違っていた。山塊が押し合いへし合いして、息苦しくなるような山の連続である。その山の塊の間を、単線の線路が見え隠れしている。これから、犯人たちが、ジャックした二両編成の列車は、峠越えである。トンネルを掘るのは大変だからということで、スイッチバックを使っての峠越えとしたのだが、それでもその峠を越えるためには、九つのトンネルを掘らなければならなかった。最後のトンネルからは水が湧き出て、作業は、困難を極めたといわれている。

上空から見ている限り、ジャックされた二両編成の普通列車にこれといった極端な動きは見られない。ゆっくりと急勾配を上がって行き、間もなく有名な三段式スイッチバックに入る。終点の備後落合駅にはすでに、県警の小島一課長をリーダーに、十人の刑事がジャックされた車両が現れるのを待っていた。一方、木次駅で、臨時の列車一両を出し、警部一人と刑事十人が乗って、フルスピードでジャックされた列車を追い、間もなく出雲横田駅に着くと知らせてきた。このままでいくと、備後落合駅とその一つ手前の油木《ゆき》駅の間で、ジャックされた列車を挟み撃ちにして押さえることができるだろう。

二両編成の普通列車をジャックした三人の犯人たちは、駅に近付く度に、ホームにパンフレットをばら撒《ま》いている。その一つが、木次駅に、設けられた捜査本部にも届けられた。捜査本部長を務める県警本部の刑事部長が、それに、目を通していた。パンフレットに書かれていた呼びかけは、犯人たちが現在盛んに口にしている呼びかけと同じものだった。

（出雲には、大きな王国があった。その王国は、オオクニヌシノミコトが治めている海洋国家だった。大和《やまと》朝廷との間に十一年にもわたる戦争があり、出雲王国は敗北し、大和朝廷の支配を受けることになった。そこで、大和朝廷は自分たちが正しく、出雲王国が間違っていたという嘘《うそ》の神話を作り上げた。記紀の中に出てくる出雲王国の姿は、間違っている。今こそ海の民だった出雲王国の本当の姿を明らかにすべきである。我々はそのために立ち上がった）

パンフレットには大きな字で書かれていた。

今回の事件を担当する県警の刑事の中にもその訴えに興味を持つ者があった。総指揮を執《と》る刑事部長は、その訴え自体には関心がなかった。彼に関心があるのは、ジャックされた列車に乗っている乗客と木次線の運転士の救出だった。

犯人たちの要求に、興味を持ったのは、木次駅に、激励のために来ていた県警本部の斎藤《さいとう》本部長だった。今回の犯人たちは「新・出雲国風土記」と題した豪華本を、島根県庁や隣の鳥取県庁などに送り付けていた。その中の一冊を斎藤は持って木次駅に来ていた。

斎藤がこの本に興味を持ったのは、犯人の言い分を、聞いてみようという気持ちからではなかった。斎藤の亡くなった父親が、大学で歴史を教えていたからである。斎藤はいつだったか、生前の父親に、聞いたことがあった。記紀に出てくる出雲の神話、あるいは出雲の歴史は正しいんですか、とである。

その時父親は笑っていった。

「いつの時代だって、勝者が書いた歴史に公平はないよ」

今度の事件が起き、斎藤はその言葉が気になって、犯人が書いた本を読んでみる気になったのだった。

女性秘書がコーヒーを運んで来てそばに置くと、電話をしていた斎藤が、

「知事から電話があった。死者が出ないように頼むといわれたので、今のところ、犯人の要求は金銭でも人の命でもありませんから、たぶんその方の心配はないでしょうといっておいた」

と、いった。

「若い君はどう思っているんだ。犯人の要求は、もっともだと思うかね？」

「わかりませんが、ただ、スサノオノミコトの部分はよくわかりました」

と、秘書の悠里《ゆり》が、いう。

「今回の犯人の行動が、どうなるかはまだわかりませんが、スサノオノミコトを祀《まつ》る神社がオオクニヌシノミコトを祀る神社よりも数が多いというのは、私も、おかしいと思います」

「どうしてだ？」

「古事記や、日本書紀には出雲をオオクニヌシが、高天原《たかまがはら》のアマテラスオオミカミに国譲りをしたと書いてあります。スサノオはアマテラスの弟ですから、出雲にやって来たのは要するに、占領地の司令官みたいなものではないかと思うんです。その司令官の方が神社が多いというのはおかしいと思いますね。占領政策だと思います」

悠里が、いう。斎藤が笑った。

「犯人はスサノオノミコトを、日本を占領したアメリカのマッカーサーみたいなものだと書いている。君も、そう思うか」

「私は平成生まれですから、マッカーサーは知りません」

「そうか。マッカーサーは、知らないか」

「本部長はどう思われるんですか？」

「犯人の言い分は肯定できないが、スサノオノミコトがマッカーサーに似ているというのはよくわかるよ」

と、斎藤がいった。

「どうしてですか」

「マッカーサーは、占領司令官として日本にやって来て、日本人に平和を押しつけた。スサノオノミコトも、出雲の王様だったオオクニヌシノミコトを縁結びの神様、大黒様に祭り上げて平和の象徴にしてしまった。オオクニヌシノミコトの息子コトシロヌシも同じようにエビスさんという平和のシンボルに祭り上げてしまった。神話の時代は神が、最高の地位だから、自分に関係のある神社の方を、オオクニヌシノミコトの神社よりも、多くしてしまった。マッカーサーは日本人に、戦争を忘れさせてしまったとよくいわれるが、スサノオも出雲の人々に、戦争を忘れさせてしまったのかもしれない。その点では僕は犯人に同感なんだ」

と、斎藤はいった。

3

備後落合駅に置かれた捜査拠点では、新しく六十インチのテレビが置かれ、そこにはドローンが撮った問題の列車が映し出されていた。それが突然、消えてしまった。どうやら犯人によって、頭上を飛んでいたドローンが撃ち落とされたらしい。

映像が消えたテレビ画面には、急遽《きゅうきょ》、三段スイッチバックが映し出された。出雲坂根駅から次の駅、三井野原駅の間のトンネルと三段スイッチバックの図や写真である。その駅の間に、九つのトンネルがあることをその地図は示していた。

第一坂根トンネル、第二坂根トンネル、第三坂根トンネル、中央坂根トンネル、第四坂根トンネル、第五坂根トンネル、第六坂根トンネル、第七坂根トンネル、第八坂根トンネルという九つのトンネルと三段スイッチバック。両方使って、百六十七メートルの高低差を克服しようというのである。

ところが、突然、テレビ画面が復活し、上空から見た三段スイッチバックが映し出された。二機目のドローンを上空に飛ばすことに、成功したらしい。ただ、問題の列車は映っていなかった。すぐ、その理由が、知らされる。

出雲坂根を出た、問題の列車は現在、九つのトンネルのどこかに入ってしまったらしいというのである。新しいドローンに組み込まれているカメラが、必死になって山並みの間に列車を探しているのだが、一向に画面に映し出されてこない。

刑事たちの乗る追尾車両は、現在出雲横田駅を通過したという報告が入った。しかし、三段スイッチバックの始まる出雲坂根駅まで行くのに、二十分はかかるということだった。直線距離では、そう遠くはないのだが、とにかく、一〇〇〇分の三〇という急勾配である。出雲横田駅から出雲坂根駅まで二十分かかるとしても、不思議ではなかった。

二機目のドローンは、必死に犯人たちの乗った普通列車を上空から探した。分厚い森林の間の所々に、スイッチバックする線路が見え隠れする。しかし、問題の列車はなかなか見つからなかった。

「犯人たちは、どこかのトンネルに入った所で列車を停《と》めているんだろう？」

と、木次駅でも斎藤本部長が秘書の悠里にいった。

「なぜ、こんな隠れんぼなんかしてるんでしょうか」

秘書の悠里が聞いた。

「犯人だって、上から監視されるのは嫌だろう。だから隠れんぼしているんだろう」

「それだけでしょうか？」

「それ以外に、犯人が何をしていると思うんだ？」

「犯人は、理屈っぽい連中のようですから、トンネルの中に列車を停めて、乗客や運転士に講義をしているのかも知れませんね」

と、悠里が、いう。

「なるほどね。犯人たちの目的も、それだろうか？」

「神話の講義がですか？」

「犯人は、金銭が目的ではないと、いっているし、金銭を要求したことは、一度もない。犯人の要求は、木次線の沿線にあるスサノオの神社は、間違いだから、潰《つぶ》せというものだからね」

「潰さなければ、五十九人の乗客と運転士一人を殺すといわれたら、どうしますか？」

「木次線側は、そんな要求があっても、拒否するだろうね。沿線のスサノオを祀る神社は、観光に必要だからね」

と、斎藤が、いった時、島根県庁の二宮《にのみや》副知事が飛び込んで来た。

「犯人から、県庁に電話があって、県内のスサノオノミコトを祀る神社を潰せと、いってきたのです。六十社潰すと約束すれば、人質六十人を解放するが、それに足らない時は、一神社につき、一人を殺すというのです」

と、訴えるように、斎藤にいった。

「本当ですか？」

「本当です」

「それで、知事は、どう答えられたんですか？」

「自分が、勝手に答えられることじゃない。神社本庁とも話す必要があるし、個々の神社の事情もあると、答えました」

「それで、犯人は、何といっているんです？」

「一時間したら、もう一度、電話する。それまでに、潰す神社の名前を、六十社以上、決めて、知らせろ。それができない時には、宣告した通り、一神社不足するごとに、乗客たちを、一人ずつ殺すといって、電話を切りました」

「ちょっと、待って下さい」

と、本部長は、木次線の地図を、広げた。

「犯人の列車は、見つかったか？」

と、近くにいる県警の刑事に聞いた。

「三井野原駅の手前のようです」

答が、はね返ってくる。

「そこから動かないのか？」

「動きません」

「三井野原は、一番標高の高い駅だろう？」

「そうです。その先は、下りになります」

「そこから動かないのか？」

「今のところ、六分間、動かずにいます」

「それは、島根県知事に、脅迫の電話をかけてから、三井野原駅に着くのか、それとも、駅に着いてから脅迫電話をかけたのか、どちらなんだ？」

「脅迫電話のあと、三井野原駅に着いて、そこで、知事の返事を待つ気のようです」

「一時間もか」

「だと思います」

「それなら、追跡中の列車が、追いつくな？」

「それは不可能、だと思います」

「どうしてだ？」

「追跡の車両は、出雲横田駅を出ていますが、あの辺りから、急な上り坂になっています」

「一〇〇〇分の二〇から三〇だろう？」

「その辺りから、犯人は、線路に、油を塗っているんです。どこに塗ったかわからないので、追跡の車両が、滑って、上り坂を上がれなくなると思います」

「しかし、油を塗ったレールは、上空からわかるんじゃないのか？　すぐ、拭き取るか、砂を撒《ま》けば、上がれるだろう？」

「それが、出根坂根駅から、トンネルが増加します。犯人たちが、トンネルの中で、列車を停めて、油を塗っていれば、わかりません」

「それなら、備後落合駅の方から、上っていけば大丈夫だろう？」

「確かに、大丈夫ですが、そちら側から、三井野原駅へは、上りですので、やはり、犯人が、レールに油を塗ってあれば、上れません」

「それは、考え過ぎじゃないのか？」

と、本部長は、笑って、すぐ、備後落合駅にいる小島一課長に電話した。

「現在、犯人の乗っている列車は、三井野原駅の手前で、動かないそうだ」

と、本部長が、いうと、

「それは、私の方にも、連絡がありました」

「追跡中の列車は、犯人たちが、レールに、油を塗っているので、一〇〇〇分の二〇、三〇の坂を上れないと、いっているんだ」

「それも聞いています」

「それで、君の方向から、三井野原駅に、犯人の様子を見に行って貰いたいんだ。逮捕してくれれば、一番いいが、犯人は三人で、猟銃を持ち、その上、人質もいるから、様子を見てくるだけでいい」

「それで、何を調べてきますか？」

「犯人は、知事を脅迫して、県内のスサノオの神社を六十神社以上、潰すと約束しろ、一時間後に、もう一度、連絡するといってるんだ。その一時間を、三井野原駅で過ごすつもりなのかどうかも知りたい」

「わかりました。それも、調べて来ます」

　と、小島は、いった。

　すぐ、小島から電話が、かかったが、

「駄目です。こちら側から、三井野原駅に向かって、上りになるんですが、いつの間にか、レールに、油が塗られていて、列車を使って三井野原駅に近づくことは不可能です」

　と、いうのである。

「それは、おかしいじゃないか。犯人たちがジャックした列車だって、レールに油が塗られていたら、下りでも、走れないんじゃないのか？」

　と、本部長が、いった。

「そう考えると、犯人たちは、それを知っていて、三井野原駅の手前で、停まっているんだと思います」

「つまり、共犯者が、列車の外にもいるということか？」

「その可能性は、あります」

「暗くなったら、徒歩で、犯人たちが占拠している列車に近づけるか？」

「可能ですが、犯人は三人で、いずれも猟銃を持っていますから、六十人の人質を助け出せる自信は、ありません」

と、小島一課長は、いう。

「こちらとしては、マスコミが、騒ぎ出す前に、解決したいのだ。知事も、そういっている」

と、本部長は、いった。が、マスコミが、騒ぎ出す方が、早かった。

犯人たちが、県下の新聞、テレビ、ラジオなどに、自分たちの行動と、警察、JR木次線などの反応を、知らせていたからである。

その点、今回の犯人たちは、今までの乗っ取り犯とは、違っていた。

彼らは、ジャックした車両の中から、自分たちの要求と、その正当性を主張しつづけた。

そのため、新聞記者、テレビ記者、そして、カメラマンたちは、島根県知事、副知事、県警本部長、JR西日本の社長や、駅長などを探しまわり、追いかけた。

もう一つ、マスコミ各社が、ドローンを飛ばして、標高七二六メートルの三井野原駅手前に停車しているはずの列車を、写真に撮ろうとした。その数が多すぎたために、二機が衝突して、墜落する事故まで、生まれた。

そんな喧騒《けんそう》の中で、一時間が、経過し、犯人が、約束の電話をかけてきた。

4

「約束の神社、六十社は、決まったか？」

と、犯人が、いった。

「一応、六十社の名前は、考えたが、これは、知事の一存で、決められることじゃないんだ。それは、わかって欲しい」

と、知事はいった。

「そんなことは、われわれの知らないことだ。必要なのは、知事が、六十社を選んだということなんだよ。それが、新聞、テレビに発表されればいいんだ。一番から六十番まで、神社の名前をいってくれればいい。そうだ。一番は、こちらで決めるから、二番目の神社からでいい。海岸の神社ではなく、斐伊川《ひいかわ》沿い、木次線沿いの、スサノオを祀る神社だ。出雲神話を、海から、山に追いやった神社群だ。さあ、二番目から六十番目の神社名を、上げてくれ。知事のあんたが、潰しても構わないと考えるスサノオの神社名だ」

「私には、できない」

「どうして？　あんただって、出雲民族の子孫だろう？　出雲の歴史を、正しくしたいとは、思わないのか？」

「神社本庁と相談してから、返事をしたい」

「無理だ。神社本庁に、スサノオを祀る神社を潰す気はないし、勇気もない。だから、知事の力で、潰して貰いたいんだよ。私は、残酷なことは嫌いだが、あんたが、われわれの要求を拒否すれば、六十人の人質を殺さざるを得ないのだ。あんただって、人質を、助けたいだろう？」

「六十人の人質の中には、地元出雲の人もいるんじゃないのか？」

知事は、何とか犠牲を出すまいと、細かいことで、犯人に対抗しようとした。

「その点は、すでに、調べてある。全員が、観光客で、出雲族はいない」

「木次線の運転士がいるだろう？　彼は出雲族じゃないのか？」

「佐々木一茂《ささきかずしげ》。三十歳で、長野県諏訪《すわ》の生まれだ」

「出雲じゃないのか」

「残念だったね。あんたが、六十社のスサノオ神社の名前を上げないのなら、こちらで、六十社を指定し、知事が責任者として選び、潰してもいいと断言していると、発表する。それでいいんだな」

知事が、何かいおうとした時、すでに、電話は、切れていた。

その日のうちに、島根県内の新聞社、テレビ局などのマスコミ各社に、大きな封書が、送られてきた。

「親展」とゴム印が、押してあって、中には、六十のスサノオを祀る神社の名前があった。

〈今回、出雲の歴史には、ふさわしくないスサノオを祀る神社六十社を、廃社することになった。もともと、スサノオは、大和朝廷の神で、出雲王国を滅ぼしてから、乗り込んできた占領軍の代表である。今にいたるまで、延々と勝者の英雄を神として、あがめ続けてきたのが、不自然なのである。従って、ここに、代表神社、六十社を廃棄することにした。

島根県知事〉

六十社の名前が、ずらりと並べてあったが、第一番は、「日御碕《ひのみさき》神社」だった。この神社について、特別に、廃棄する理由が、書いてあった。

〈この神社は、奇妙な神社である。スサノオを祀る神社の多くが、斐伊川の流域、山の中にあるのに、この神社は、日本海に面した場所に建てられている。しかも、出雲大社の裏に建てられ、スサノオだけでなく、アマテラスも、合祀《ごうし》されているのである。

不思議である。アマテラスは、高天原を治める神で、記紀では、出雲のオオクニヌシに、国譲りを迫って、出雲の国を、取り上げてしまったのである。スサノオは、占領軍の司令官だから、神社を建てるのは、まだわかるが、アマテラスを祀る神社が、それも、出雲大社の近くに建てられている理由が、わからない。

さらに、記紀を信じれば、アマテラスは国譲りをしたオオクニヌシに、出雲大社を与え、「あの世」を治めさせることにしたというのである。現世は、アマテラスの高天原族が支配し、あの世は、出雲のオオクニヌシに委《まか》せることにしたというのである。現世とあの世を、いいかえれば、「昼の世界」と「夜の世界」をである。

ところで、日御碕神社は、スサノオを祀る「神の宮」と、アマテラスを祀る「日沈宮《ひしずみのみや》」があり、二神で、日本の昼と夜を守るというのである。伊勢神宮《いせじんぐう》が、日本の昼を守り、日御碕神社が、日本の夜を守るという話もあるが、どちらにしろ、高天原族が、昼と夜を支配してしまうのである。そうなると、出雲大社を与えられ、「あの世」を治めることになったオオクニヌシは、身の置き所に窮してしまうだろう。

こう考えると、記紀の記述は、誤りで、大和朝廷との戦いに敗れた出雲の王、オオクニヌシは、死んだ（自害した）。それを悲しむ出雲の神々（人々）は、出雲大社を建てて、彼を祀ったということである。さすがに、勝者の大和朝廷は、そのことまで禁止できなかったのだ。

従って、出雲大社は、もともとは、悲しみの社《やしろ》である。それを、示しているのが、旧暦十月の「神無月《かんなづき》」である。十月に、日本全国から、神々が、出雲に集《つど》ってくる。そのため、出雲から見れば、「神在月《かみありづき》」になるのだが、これを、祝事のように思う人たちが多いが、出雲では、まったく逆なのである。

旧暦十月に行われる「神在祭」になると、神社の周辺では、奏楽、歌舞音曲が禁じられる。また、海から神々が、やってくる頃は、必ず、海が荒れるといわれている。祭事の間、出雲の人々は、静粛に過ごすので、「御忌祭《おいみさい》」とも呼ばれる。

これは、明らかに、オオクニヌシが亡くなり、それを悼《いた》んで、全国から神々が集ったことによるのだろう。

しかし、神々が集って、オオクニヌシの死を悼む行為は、占領者の高天原族にとって、脅威のはずである。そこで、記紀には、奇妙な話が記述されている。

「オオクニヌシノミコトは、兄弟の八十神《やそがみ》の迫害を受け、二度も殺害され、その度に蘇《よみがえ》ったが、助けたのは、スサノオノミコトだった」と、いうのである。つまり、オオクニヌシのまわりに集ってくる神々は、全員、悪者なのだ。そのいい例が、因幡《いなば》の白兎《しろうさぎ》の話だろう。古事記が、もっとも力を入れて書いている物語である。隠岐《おき》の島から対岸の稲羽《いなば》に渡ろうとした兎が、ワニを欺《だま》し、並んだワニの背中を渡ったが、欺されたと気付いたワニに、衣服を剝がれてしまう。そこに通りかかったオオクニヌシの兄弟である八十神は、海水を浴び風に当たれと教えたが、兎が、その通りにすると、傷はさらにひどくなった。最後にやってきたオオクニヌシ（大黒さま）は、蒲黄《がま》の上に寝転ぶとよいと教え、兎がその通りにすると、元通りに治ったという話である。

この話は、一見すると、オオクニヌシの優しさを記述しているように見えるが、古事記の作者の狙いは、「兄弟の八十神」の悪の方だろう。兄弟とあっても、別に真の兄弟ということではなく、オオクニヌシのまわりに集まる神々ということだろう。高天原族にとって、邪魔な存在だったから、悪者にされ、スサノオによって、退治されてしまったということである。国譲りというお伽話《とぎばなし》でも、オオクニヌシが、最後に相談できる者は、息子のコトシロヌシノカミしかいなくなったことになっているからである。

多分、これだけでは、高天原族には、不安だったであろう。オオクニヌシの死を悼んで、日本全国から、神々が集ってくるからである。

そこで建てられたのが、日御碕神社だった。

出雲は、海の民である。そのため、神社は海岸近くに建てられている。島根半島の突端にある美保《みほ》神社が、その典型だが、海の民の神社らしく、航海用の丸木舟と、沖縄のサバニ船が飾られている。他に、国引きや、神々を迎える場所は、稲佐《いなさ》の浜である。そこに、スサノオは、出て来ない。一方、スサノオを祀る神社や事跡は、ほとんど、山の中である。

ところが、日御碕神社だけが、スサノオを祀りながら、海岸にある。その上、出雲大社の裏である。スサノオに、アマテラスも、祀られている。まるで、高天原の主《あるじ》まで、出雲に出張ってきている感じなのだ。

目的は、想像がつく。占領軍による占領地の監視である。だから、出雲大社のそば、海岸線に、建てられたのだ。さらにいえば、大和朝廷が、出雲国を狙ったのは、その海洋交易の利益だろう。そのために、アマテラスとスサノオの二神を祀る神社を、わざわざ海岸線、それも出雲大社の背後の地に建てたに違いない。そう考えると、神々の時代から、現在まで、この日御碕神社は、独立を求める出雲にとって、重石《おもし》になっていたのである。

まず、この日御碕神社を廃社すれば、出雲の神話、出雲の歴史にとって、風通しがよくなるだろう。われわれが、この神社を、第一に挙げる理由である。他の五十九社について、別の神社と入れ替えてもよいが、日御碕神社については、他の神社と差し替えてはならない〉

島根県下の新聞社、テレビなどは、犯人から本や、六十神社の名前、それに、犯人の主張などが、送られてきたため、あわてて、記紀や、出雲国風土記の研究者や、歴史家を、呼び集め、今回の事件の解説を作り始めた。

そんな中で、高木英介は、変わった立場にいた。

今回の事件を、予測したという自負がある。

高木には、前々から、野心があった。

現在、高木の肩書きは、「旅行作家」だが無名に近い。旅行雑誌からの注文もあるが、ほとんどが、自らの持ち込みである。その五分の一が採用されれば、いい方だった。

はっきりいえば、生活が、不安定なのである。だから、今の高木の望みは、有名旅行誌の専属になるか、大新聞の日曜版に、「私の楽しみ」といったエッセイを、一年間にわたって連載するように、なりたかった。

そのために、まず、名前を売らなければならないのだが、今回、そのチャンスが、やってきたと思っていた。

日本の神話の話題と、その神話列車のトレインジャック。

人質になっているのは、五十九名の乗客と一名の運転士。

そのトレインジャックは、まだ、続いている。もし、高木が、この事件を解決し、人質を無事、解放できれば、間違いなく、希望は達成できるだろう。うまくいけば、この事件を、一冊の本にもできる。

そこで、高木は、記紀や日本の神話に詳しい百竹研《ひゃくたけけん》を、強引に口説いて、二人で、宍道《しんじ》に来ていた。

最初は、簡単に解決すると思っていた。何しろ、木次線自体が単線だったし、新幹線のように、スピードは出なかったからである。

しかし、意外に長引きそうになってきた。

長引けば、高木の出番が来る可能性もある。

もう一つは、犯人たちの主張だった。ただ単なる金銭目的のジャックより、古代神話が、絡んでいれば、面白いし、世の注目も倍加する。事件に対する注目度も高くなるからだ。

木次線は、全線が停まっていた。

高木と、百竹は、山陰本線の宍道駅の三番線ホームにいた。

木次線の発着ホームである。

ホームのベンチに、並んで腰を下ろし、二人は、高木が買って来た駅弁を食べ始めた。

食べながら、高木は、配られたパンフレットに時々、眼をやった。

犯人たちが、木次線の各駅に配っていったものだった。

木次線沿いにあるスサノオノミコトを祀る神社五十九社を廃棄すること、そして、日本海沿いにある日御碕神社は、絶対に廃棄すること。もし、六十社に欠けた時は、一社につき人質一人を殺すと宣言したパンフレットである。

「犯人は、本気ですかね？」

と、高木は、自販機で買ったお茶を飲みながら、まだ駅弁を食べている百竹に、聞いた。

「私は、犯人じゃないから、わからんよ」

と、百竹が、いった。

「そうかも知れないが、先生は、私より長生きしてるんだから、推測はできるんじゃありませんか？」

「私はね、犯罪には無縁だといっているんだ」

「それは、そうかも知れませんが、今回の犯罪に興味があるから、ここに来たんでしょう？」

「いや。私に関心があるのは、犯罪そのものより、彼らの主張だよ。大和朝廷を嫌い、出雲に同情している。その主張が、激しい」

「確かに、それが極端ですね。特に、記紀にある出雲の国譲りは、なかったといっていますが、本当は、何があったんですか？」

「私にも、わからん」

「でも、先生は、神話の研究者なんでしょう？」

「そうだよ。だから、君に面白いことを教えよう。君は、今回の犯人たちの主張に、びっくりしている」

「当然でしょう。今まで日本の古代史といえば古事記と、日本書紀しかありませんからね。それに、大和朝廷が、日本を統一し、今に至っているわけですから、その大和朝廷を、あれほど批判されると、びっくりしてしまうんですよ」

「君は知らないだろうが、反大和朝廷のグループは、昔から、いるんだよ」

「あまり、聞いていませんが」

「諏訪大社とか、諏訪信仰という言葉を知っているか？　君は旅行作家だから、知っているはずなんだが」

「諏訪大社や諏訪信仰のことはつい最近知りました。しかし、諏訪は、長野県で、出雲とは、関係ないんじゃありませんか？」

「諏訪大社の祭神は、建御名方神《たけみなかたのかみ》と、その妻八坂刀売《やさかとめ》で、建御名方神は、実は、オオクニヌシの子のコトシロヌシノカミなんだ」

「ちょっと待って下さいよ。古事記ではタケミナカタノカミと書かれていますがコトシロヌシノカミは、出雲の美保神社の祭神で、高天原のアマテラスから国譲りを命ぜられた時、オオクニヌシに聞かれて、子のコトシロヌシノカミが、国譲りに応じることにしたはずですよ。そのコトシロヌシノカミが、どうして、諏訪大社の祭神なんですか？　諏訪と出雲は、どんな関係があるんですか？」

「古事記には、国譲りの他に、『国譲りに反対したオオクニヌシの子のコトシロヌシノカミは、大和朝廷に屈せず戦い続けた』という記述もあるんだ。諏訪神社は、全国に五千余りある神社で、反大和朝廷の信仰で、コトシロヌシが、大和朝廷に屈しなかったので、祭神としたとなっている」

「反大和朝廷ですか」

「それは、国譲りに反対して戦ったということだよ」

「それが、五千社もあるんですか？」

「信者も入れれば、もっと大きな数字になる。その信者と諏訪系の神社が、五千社も、昔から反大和朝廷を主張していたんだ。この神社と信者は、国譲りを信じなかったということだ」

「すると、犯人たちは出雲（島根）の人間ではなく、諏訪（長野）の人間かも知れませんね」

「私が興味を持つのは、諏訪の人々は、なぜコトシロヌシノカミを、自分たちの諏訪神社の祭神にしたのかということだ」

と、百竹がいうのだ。

「それは、簡単でしょう。長野県諏訪には、もともと、反大和朝廷の空気があった。そこへ、大和朝廷と戦って逃げて来たコトシロヌシノカミが、いた。しかも、出雲王国の主オオクニヌシの子だ。だから、自分たちの神社の祭神にしたんでしょう。私には、当然のこととしか思えませんが」

「しかし、祭神にしたが、建御名方神として、祀っていて、コトシロヌシノカミじゃないんだよ」

「それは、やはり、大和朝廷が、大国なので、本名を使うのは遠慮したんだと思いますよ」

「長崎にも、諏訪神社がある」

「祭神は？」

「同じ建御名方神だ。もちろん、コトシロヌシノカミのことだ」

「オオクニヌシの子のコトシロヌシノカミでしょうね？」

「もちろんだよ」

「しかし、国譲りに反対したコトシロヌシノカミが、高天原の軍勢と戦って、長崎まで逃げたわけではないでしょう？　すでに、長野県の諏訪に逃げたという話があるわけですから。長崎にも逃げたというのは、信じられません。なぜ、長崎にも、諏訪神社があって、コトシロヌシノカミを祭神にしているのか、わかりませんね。神代の時代に、島根と、長崎とは、何かの結びつきがあったんですか？」

「強いて、関係づければ、出雲は、海の民で、船を使って、朝鮮から、沖縄まで、足を伸ばしている」

「しかし、長崎まで航海していた証拠はあるんでしょうか？」

「コトシロヌシノカミの父親のオオクニヌシノミコトは、出雲の大王だったが、不思議なところが、二つあってね。その一つは、さまざまな名前を持っていることだ」

と、百竹は、その名前を、挙げていった。

大穴牟遅《おおあなむぢ》神
葦原色許男《あしはらのしこお》神
八千矛《やちほこ》神
宇都志国玉《うつしくにたま》神

「第二は、オオクニヌシノミコトが、多くの女神と婚姻を結んでいることなのだ」

と、百竹は、続けて、その女神の名前を挙げて、いった。

稲羽《いなば》のヤカミヒメ　鳥取県八頭《やず》郡
高志《こし》の国のヌナカワヒメ　新潟県糸魚川《いといがわ》市
奥津宮《おきつみや》のタキリヒメ　福岡県宗像《むなかた》市沖ノ島
三嶋のセヤダタラヒメ　大阪府茨木《いばらき》市
胸形《むなかた》のタカツヒメ　福岡県宗像市田島《たしま》

「他にも、何人もの女神の名前が、挙がっているが、私が注目するのは、女神のいた場所だよ。九州の福岡から、大阪、新潟と、広がっているのだ。何人もの女神と結婚したというのは、もちろん、比喩だが、日本中のさまざまな場所、国と、何らかの関係があったと見るのが妥当だろう。また、さまざまな名前を、出雲国の王が、名乗っていたとは考えにくい。唯一の王だからね。とすれば、日本中のさまざまな場所で、さまざまな名前で呼ばれていたということになる。つまり、それだけ、尊敬されていた証拠だと、私は考えている。ただ、オオクニヌシノミコトは、亡くなったので、その子息のコトシロヌシノカミに、尊敬の念を移し、自分たちの神社の祭神にしたんだと考えられる」

「そうなると、ますます、今回の犯人たちは、大和朝廷に反旗をひるがえして来た諏訪神社へ親近感を持っていた人々ということになりそうですね」

と、高木は、うれしそうに、いった。

そんな高木に、百竹は、皮肉な視線を向けた。

「六十人の生死がかかっているのに、うれしそうだね」

「だからこそ、成功のチャンスですよ。どうしたら、チャンスをつかめますか？」

「さしあたって、もう少し、犯人たちに近い場所に移動しよう。君が、一番近いと思ったのは、どこだ？」

「考えると、出雲横田駅かも知れません」

「じゃあ、その出雲横田駅へ行こうか」

「木次線は、現在、全線不通ですよ」

「そんなことは、わかっている。君は、今がチャンスだと考えているんだろう？唯一のチャンスかも知れないぞ。さっさと、出雲横田駅へ行く方法を考えるんだ」

百竹は、高木に、「方法」を押しつけて、すぐさま、立ち上がっていた。

第五章　駈《か》け引き

1

テレビが、ドローンを使いトレインジャックされた列車を追い、それを放映していた。

「この列車は、すでに、出雲横田を通過し、現在、出雲坂根の三段スイッチバックの先にいると思われますが、正確な位置は、わかりません」

それを聞いて、高木は、舌打ちをして、百竹にいった。

「今から、出雲横田へ行っても、どうしようもないみたいですね。考え方を変えることにします」

「実は、私も、今、忘れていた仕事を思い出してね。これから、長野県に行かなきゃならんのだ。従って、ここで、君と一緒に、トレインジャック騒動につき合っているわけには、いかんのだよ」

と、百竹も、いい出した。

「困りますよ。先生には、今回のトレインジャック事件の解決に、力を貸して頂きたいんですから」

「しかし、君だって、出雲横田に行っても、仕方がないと、いい出してるじゃないか」

と、百竹が、負けずに、いい返す。

「ただ、私としては、もっと先の三井野原《みいのはら》に行って貰いたいのです。いや、木次線の終点の備後落合《びんごおちあい》に行って貰おうかと、考えてもいるんですよ」

と、高木は、いったが、本当は、どの駅へ行ったらいいのか、計算ができないのである。

「木次線の三井野原駅の近くに行けたとしても、それで、今回のトレインジャックの解決になるとは、決まっていないわけだろう？　そんな所に、行く気はないよ。それに、今いったように、長野県で約束した仕事があったのを思い出したんだ」

「長野県に、どんな仕事があるんですか？」

今度は、高木が、首をかしげて、聞くのだ。

「諏訪湖の周辺で、最近、考古学的な新しい発見があったというので、今日中に、向こうに行ってなければならんのを、思い出したんだよ」

「そんな仕事は、二、三日くらい遅れても、構わないんじゃありませんか？　こっちは、トレインジャック事件で、今日一日が、ヤマなんですよ」

と、高木は、いった。

現在、トレインジャックが、進行中なのだから、今日一杯がヤマなのは、当然である。

しかし、高木は、人質になっている乗客五十九名プラス運転士一名のことを心配しているというより、この事件で、名声を得たいという思いの方が強かった。

そのためには、百竹研《けん》の力を借りるのが一番と思っていたのである。

「何とかなりませんか？　合計六十名の生命が、かかっているんですよ。先生なら、助けられると思うから、お願いしてるんです」

　高木は、熱っぽく繰り返した。

　百竹研は、それに対して、

「今回の事件で、犯人は島根県内にあるオオクニヌシノミコトを祀《まつ》る神社より、スサノオノミコトを祀る神社の方が多いことに腹を立て、人質六十人に合わせて、六十社のスサノオノミコトを祀る神社を減らせと、要求していると聞いた」

「それは、私も知っています」

　と、高木が、肯《うなず》く。

「県警本部が、犯人のそんな要求を呑《の》めるはずはないんだ。今さら、スサノオノミコトに関係のある神社を、潰すわけにはいかないし、一社でも難しいのに、六十社など、とても無理だよ」

　と、百竹が、いう。

「そうなると、犯人は、人質の六十人を殺しますかね？」

「君は、どう思うんだ？」

「犯人は、歴史と神話の誤りを正そうとしています。そう主張していますからね。

その人間が人質を殺したら、歴史と神話を自分で汚《けが》すことになりますから、普通に考えれば、殺さないと思いますが」

と、高木は、いった。

「まあ、それが、いいところだろうね」

と、百竹は、いってから、

「君は、自己顕示欲が強そうだから、人質が危くなったところを、君の活躍で、助かったみたいなストーリーを、考えているんじゃないのかね？」

と、いう。

「先生は、どんな解決を考えておられるんですか？」

「私は、今、いったように、長野県に行かなければならないから、今回の事件については、何も、できないんだよ」

と、いってから、

「間もなく、京都行の山陰《さんいん》本線の列車が、到着する。失礼するよ」

と、立ち上がった。

「しょうがないな」

高木は、考えをまとめようとして、空を見上げた。

2

備後落合駅のホームに、捜査拠点を設けた小島一課長は、いらいらしながら、線路の向こうを、見つめていた。

予想通りなら、三人の犯人にトレインジャックされた二両編成の列車が、小島の視線の彼方に、姿を現わしてくるはずなのだ。

だが、なかなか現われない。

犯人が、列車を停《と》めてしまっているとしか考えられない。

テーブルの上の電話が鳴った。

木次駅にいる斎藤本部長からだった。

「まだ、ジャックされた列車は、現われないか？」

「現われません」

「該当列車が、出雲坂根を出て、三段式のスイッチバックに入ったことは、わかっている。ただ、途中に、スノーシェッドがあって、これは、トンネルみたいなものだから、上空から調べても列車は、隠れてしまう」

「そこに隠れているということですか?」

「その可能性が高いんだが、線路から外れることはできないから、スイッチバックのどこかにいることは、まず、間違いないと思っている」

「犯人が、要求を出していますね。それに対する島根県側の対応は、どうなっているんですか?」

と、小島が、聞いた。

「島根県議会が、招集されて、対応が議論されている」

「しかし、犯人の要求は、呑めないんじゃありませんか?」

「スサノオノミコトを祀る六十社を廃棄しろだからね。そんなことが、できるはずがない」

「しかし、あからさまに、拒否もできませんね。六十人の人質がいますから」

「県議会の動きはわからないが、多分、議論を続けて、時間かせぎをするだろうと見られている。その間に、何とか、解決策を見つけようということだろうね」

「私たちが、列車に突入することもあり得るわけですね？」

「最後は、そうなる可能性が、高い」

「それなら、前もって、時刻を指定して下さい。三段式のスイッチバックの頂上部分にいると思われる列車に近づく時間が、必要ですから」

と、小島は、いった。

数分後、ヘリで、五人の刑事が、木次から送られてきた。

そのヘリに同乗して、どんなコネを使ったのか、カメラを持って、高木がやってきた。

高木は、そこに集まる刑事たちに、自己紹介をしてから、

「いよいよ、皆さんの出番が近づいてきましたね」

と、いった。

「マスコミも、そう見ているのか？」

小島一課長が聞き返した。

「犯人の要求は、明治政府の廃仏毀釈《はいぶつきしゃく》みたいなものですからね。島根県だけで、対応できるものじゃありません。最後は、警察が乗り込むことになる。誰が考え

ても、それ以外の解決方法は、ありません」

「犠牲は、どのくらいと、考えているんだ?」

「皆さんはどのくらいと、計算しているんですか?」

「それは教えられない。第一、犯人たちの抵抗の具合によって、大きく変わってくるからな」

「犯人は中年の男三人、全員が、猟銃を持っていると聞いています」

「それを制圧するには時間がかかる。射《う》ち合いになれば、当然、負傷者が出る」

と、小島が、いった。

若い刑事が、コーヒーを入れてくれた。

高木は、刑事たちの顔を見まわして、

「この中に、神社に知り合いがいる方は、いますか?」

「私の親戚が、須我《すが》神社で、働いています」

と、刑事の一人が、いった。

「ああ、スサノオが、ヤマタノオロチを退治したあと、クシナダヒメと一緒に、八雲山の麓に来て、『わが心、スガスガし』といって、そこに須我神社を建てたというやつですね」

「祀られているのは、スサノオと、クシナダヒメと、二神の間に生まれた子供です」

「他には？」

「私の妹は、出雲大社の社務所で、働いています」

と、若い刑事が、手を上げて、いった。

「お二人は、今回の事件を、どう思っていますか？」

高木は話しかけながら、ポケットの中のボイスレコーダーのスイッチを入れた。

「私は、今回の犯人の要求を聞いて、オオクニヌシを祀る神社より、スサノオを祀る神社の方が多いことを、初めて知りました」

と、出雲大社の刑事が、いった。

「それで、どう思いました？」

「私は、今さら、神社の数を多くしても、スサノオの方を減らしても仕方がないと思っているんですが、出雲大社で働いている妹は、怒っていましたね。ここは、出雲なんだから、オオクニヌシを祀る神社の方が多くなければおかしいと、いってます」

「そちらは、今度の事件をどう受け取っていますか?」

と、高木は、須我神社の刑事に、聞いた。

「私は、スサノオは英雄だから、それを祀る神社が多くて当然だと思っています」

「なるほど。スサノオは、英雄だからですか」

「歴史と、それに加えて神話も、英雄が作るものですよ。オオクニヌシも、その子のコトシロヌシも、どちらかといえば、庶民的というか、崇拝の的というより、親しみの対象です。だから、ダイコクさまと呼ばれたり、エビスさまと呼ばれているんです。その点スサノオは、ヤマタノオロチを退治し、宝剣アメノムラクモの剣《つるぎ》を奉納したり、英雄の資質を完全に備えています。神社が、多くて当然ですよ」

「それでは、スサノオの神社を減らせという犯人の要求は、間違っていますか?」

「もちろんです。私としては、出雲の神社は、すべて、アマテラスと、スサノオの二神を祀る神社でいいと思っているんです」

「それは、どうしてですか？」

「出雲の国は、国譲りで、アマテラスのものになったわけですからね。すべての神社が、アマテラスを祀り、そのアマテラスの弟で、英雄のスサノオを、合祀《ごうし》するのが、当然と思っていますから」

「それでは、今回の犯人の要求は、完全に間違っていると？」

「歴史と神話を正しく見ていないと思っていますよ」

と、その若い刑事は、いった。

（まるで、今回の事件で、英雄になるつもりでいるみたいだな）

と、高木は、思った。

3

三人の犯人によって占拠された二両の列車は、三井野原駅近くのスノーシェッドの中に、停車していた。

乗客五十九人。

ほとんど、観光客である。その中に、亀井刑事と、息子の健一、十歳もいた。

二台の九インチの携帯テレビが、一台ずつ、前後の車両に置かれ、犯人が、ニュースを放映させていたので、乗客たちは、現在の状況をわかっていた。

犯人が、何を要求したか、それに対して、急遽《きゅうきょ》県議会が招集されたこと、警察も動いていること、そして、この事件を解説する有識者の意見。

有識者の顔ぶれは、大学教授、元警視庁の警視、弁護士、出雲神話の研究家などである。

その番組を、乗客たちも見ているが、犯人も見ていた。

亀井は、犯人たちの反応に注目した。

人質の運命に、関係してくるからだった。

有識者たちの意見は、予想通りのものだった。

犯人の要求は、六十人の人質と同じ数のスサノオを祀る神社を、廃社すること。

一社不足するごとに、人質を一人殺すというものである。

それに対する有識者たちの意見。

そんなことが可能とは、犯人も、思っていないはずである。

島根県議会が、急遽、招集されたが、そこで決められるとは思えなかった。

第一、神話と歴史を、勝手に決めたり、訂正したりできるものではない。犯人も、それが、実現可能だと思ってはいないだろう。

そこで、話し合いになる。

どこで、お互いが、妥協し、人質をどうやって、解放するかが、最後の問題になってくるだろう。

「犯人の方も、こんな要求が、可能とは思っていないんじゃないかね？」

と、弁護士が、いう。

「だと思いますね。長い間、スサノオを祀ってきた神社が、急に、廃社するなんてことは誰が考えても不可能ですから」

と、神話の研究家が、いう。

「そうすると、どうなるんです？」

と、弁護士が、元警視に、聞く。

「そうですねえ。犯人の要求は聞けないが、今後、神話や出雲の歴史について、識者を集めて、研究するということで、犯人を納得させる。犯人にしても、その約束を、勝ち取っただけでも、大きな収穫ですから、これで、人質を、解放する。そんなところで、今回の事件は、収束するんじゃないかと、思いますがねえ」

そこで、テレビを見ていた乗客たちの中で何人かが、拍手した。

亀井は、その瞬間、犯人を見た。

犯人は、その場に二人いて、テレビを見ていた。が、二人は、拍手をしなかった。

笑ってもいなかった。

一人が、拳で、テレビ画面を叩《たた》くまねをした。もう一人の犯人が、舌打ちをした。

「何もわかってないくせしやがって！」

と、いうのが、聞こえた。

間違いなく、犯人の一人が、そういったのだ。その時も、犯人は、笑っていなかった。

（まずいな）

と、亀井は、思った。

今のテレビの座談会は、今回の事件に対して、平均的な見方だと思う。

亀井だって、どう思うかと聞かれたら、同じような意見を、口にするはずだ。

問題は、犯人たちも、同じように考えて、列車をジャックしたかである。

もし、その通りなら、二人の犯人は、お互いに顔を見合わせて、

「参ったね」

「お見透《みとお》しか」

と、呟《つぶや》いて、苦笑するはずである。

だが、違った。

二人とも、笑っていない。それどころか、怒っている。自分たちが望んでいる結末と違うことを、有識者たちが、口にしたからに違いない。

警察が、犯人の意見を読み間違えると、悲劇になるかも知れない。

これから、事件が、どう動いていくか、亀井にも、予見できなかった。

いや、一つだけ予見できるのは、島根県側の最初の反応だった。

「要求のあった神社の廃棄は難しいが、今後有識者を集めて、出雲の神話と歴史について研究したい。間違っていることがあれば、今までのいきさつには、関係

なく、訂正することを、約束する」

これに近い申し出を、犯人に伝えて、交渉に、入るだろう。

犯人側も、この線で、妥協してくるだろうと、予想してである。

（このあと、有識者の人選で、多少、もめるだろう）

だが、何とか犯人側が、納得して、六十人の人質は、解放される。

亀井は、もう少し、事件の動きを、見守ることにした。

時間が、来て、ＪＲ西日本の社長と、島根県知事が、共同で作った、犯人に対する回答が、発表された。

亀井刑事が、予想し、有識者たちが、話していたものと、ほとんど同じ文章だった。

出雲神話と歴史を考える会のメンバーも、発表された。

今まで通りの古事記、日本書紀の記述を尊重する者三人。

出雲独自の神話、歴史を尊重し、大和《やまと》神話と歴史に誤りがあれば、それを正すべきだとする者三人。

この中に誰もが知っている有名な学者の名前もあった。

　だから、県知事とＪＲ西日本社長は、かなりの自信を持って、犯人と向かい合ったはずである。

　犯人から電話が、かかり、二人は、この線で、犯人を説得し、六十名の人質の釈放を、要求した。

　犯人は、黙って聞いていた。

　それで、二人は、うまく犯人を説得できたと、ほっとしたのだが、犯人は、次の言葉を残して、電話を切ってしまった。

「ところで、われわれの要求は、どうなったんだ？」

4

　県知事と、ＪＲ西日本の社長は、木次駅にいた。

　二人は、呆然《ぼうぜん》と、放り出された受話器を、見つめていた。

　すでに、電話は切れている。

　しかし、犯人の最後の言葉は、まだ、はっきりと、二人の耳に残っていた。

「どうなってるんだ?」

と、知事は、そばにいる秘書を見た。

「ところで、われわれの要求は、どうなったんだ?」

と、犯人は、最後に、いったのである。

二人は、一生懸命に、犯人の要求に対する答を見つけて、犯人を説得しようとしたのである。そのために、出雲神話と歴史の再検討も約束したし、有名人の名前も挙げたのだ。

犯人が、黙って聞いていたので、てっきり説得は成功と思ったのだが犯人は、こちらの説明を聞いていなかったのだ。

あるいは、まったく気に入らなかったのだ。他に考えようがない。

「このあと、どうしたらいいのかね?」

と、県知事は、秘書に文句を、いった。

JR西日本の社長は、迷いの表情で、

「犯人が、何を考えているのか、わからないな。人質は、大丈夫だろうね」

と、誰にともなく、聞いていた。

それに答える者は、辛うじて、

「犯人が、また電話してくるのを、待ちましょう。他に方法はありませんから」

という、自信のない声があっただけだった。

人質の中にいる亀井刑事から、連絡が入った。正確にいえば、亀井から、十津川に、連絡が行き、その十津川から、島根県警に、知らされたのである。

それを、県警本部長は、木次駅で、受け取った。

それは、亀井が、ジャックされた車両の中で、録音したものを、そのまま、転送してきたものだった。

それを、そこにいた全員で聞いた。

特に、気を入れて聞いたのは、乗客と、二人の犯人が、携帯テレビでニュースを聞いているところだった。

時々、亀井の声が入ってくる。その場の音を、ボイスレコーダーに録音しながら、亀井が、説明や、感想を短く入れているのだ。

いわゆる有識者たちが、犯人に対する対応策を、テレビで、話し合っている。

それを、今、聞いている知事や社長が、つい、苦い表情になっているのは、ついさっき犯人に対して自分たちが、説得した考えと、まったくといっていいほど、同じだったからだった。

終わると、乗客たちの拍手。

彼らも、それで、犯人は、納得すると思ったからの拍手だろう。

それに、かぶせるように、亀井の声が、聞こえた。

「犯人二人は、笑っていない。明らかに、怒っている。こんな回答を期待してはいないといいたげだ」

今度は、今、その録音を聞いている知事と社長が、苦い表情になっていった。

それを、さらに、傷つけるように、亀井の声が、聞こえてくる。

「犯人に向かい合う人たちに。犯人の気持ちや考えを、読み誤ると、大変なことになる恐れあり」

それが、録音の最後に聞こえた亀井刑事の言葉だった。

島根県警本部長は、すぐ、十津川に、電話した。

「今、そちらからまわってきた、亀井刑事が録音したものを聞きました。十津川さんも、当然、聞かれたんでしょうね？」

「もちろん聞きました。何よりも、確認が必要ですから。間違いなく、亀井刑事が、録音したものです」

「亀井刑事は、どんな性格ですか？」

「失礼ですが、何を知りたいんですか？」

「問題が起きた時、それを、大げさに考える性格なのか、逆に、小さく考えるのか、それを知りたいと思いましてね」

と、本部長は、いった。

十津川は、了解した。

亀井は、自分が、ボイスレコーダーに録音したものに、時々、短く解説をつけている。

その解説によって、聞く方は、大きく影響されるからである。県警本部長は、その心配をしているのだ。

「亀井刑事は」

と、十津川が、いった。

「物ごとを、大げさに受け取る性格ではありません。むしろ、小さく考える性格です。ですから、彼が大変だという時は、本当に大変なんだと考えるべきです」

「わかりました。ところで、十津川さんは、今、どこにおられるんですか？」

と、県警本部長が、聞いた。

「亀井刑事と、息子の健一君が、心配なので、現在、二人に近い所に来ています」

それが、十津川の答えだった。

だが、正確な場所は、答えなかった。ジャックされた列車の中にいる亀井父子とは、辛うじて、連絡が取れているが、こちらから連絡はできない。

無理をして、犯人たちに、亀井が、現職の刑事であることを、知られるのは、危険だと、思っていた。今は、ＧＰＳの時代である。十津川の居所を知られ、亀井刑事と連絡を取っていると、思われるのは、今の段階では、危険と、十津川は、思っていた。

それでも、県警は、十津川の居場所を知りたがった。

だから、矢継ぎ早やに、質問を、ぶつけてきた。

「十津川さんのいる所からジャックされた列車は、見えますか？」

「三段スイッチバックで有名な、出雲坂根駅の近くですか？」

「出雲坂根ではないとすると、一番高い所にある三井野原駅の近くですか？」

「今、十津川さんがいるところまで、ジャックされた列車以外は、県警の刑事の乗った車両しか動いていませんが、どうやって行かれたんですか？」

「事件がなければ、出雲横田から、路線バスが出ています。出雲坂根や、三井野原へ行くバスです。そのルートを、行かれたんですか？　しかし、今回の事件が起きてから、そのルートは、閉鎖されているはずですが」

県警も質問してくるし、亀井刑事のことを知ったマスコミも、質問してくる。

十津川は、途中で、自分の方から電話を切ってしまった。

十津川は、木次線も、出雲坂根の三段式スイッチバックも、初めて知ったものだった。

事件が起き、木次線の列車に、亀井刑事父子が乗っていることを知るとすぐ、若手の刑事三人と、女性の北条早苗《ほうじょうさなえ》刑事の四人だけを連れて、急遽、飛行機で出雲空港に飛んだ。

すでに、木次線は、捜査する刑事しか乗れなくなっていた。

そこで、空港からは、レンタカーのワンボックスカーを借りた。県警のパトカーは、考えなかった。亀井刑事父子のことがあるから、自由に動ける手段を選んだのである。

木次線に沿ってというか、斐伊川《ひいかわ》に沿ってといったらいいのか、十津川たちは、出雲横田まで、車で行ったが、出雲坂根、三井野原行のバスは、事件のために、動かなくなっていたし、この道路は、万一に備えて、通行止めになっていた。十津川は、この時は、警察手帳を利用し、出雲横田駅の駅員が、地理と歴史に詳しいことを知って、同行を、頼んだ。

この時に、駅員が見せてくれた「旅のフレンド」と題したノートによって、十津川は、今回の事件の根の深さを知った。

(このノートから、今回の事件は、始まっていたのだ)

と、十津川は、思った。

出雲横田を、出発すると、木次線の方は、出雲坂根駅に着く。そこから、木次線の名物、三段スイッチバックが始まるのだ。

しかし、道路の方には、スイッチバックがないから、巨大な奥出雲おろちループに、ぶつかる。これが、鉄道のスイッチバックの代わりである。

十津川は、時々、車を停めて周囲を見まわした。深い森の間から、木次線の光るレールが、見えたりする。

だがジャックされた列車は、なかなか見つからなかった。問題の三段スイッチバックには、トンネルも多いことがわかった。それに加えて、スノーシェッド（雪除《ゆきよ》け）もある。たった二両編成の列車が、隠れるところは、いくらでもあるのだ。

県警のマークの入ったヘリが、頭上を飛び去っていった瞬間があった。十津川は、木次線の終点、備後落合駅に、県警が、犯人に先まわりして、捜査の拠点を設けていると聞いていた。

（そちらの補強に飛んでいるのだろう）

と、十津川は、推測した。

ループを下りたところで、十津川は、車を停めた。

標高七百二十六メートルの地点を、鉄道は、三段スイッチバックで、越えるのだが、十津川たちの車は、奥出雲おろちループで、下りて来たのである。

十津川は、地図を広げ、今、自分たちは、県警の刑事たちの待ち構える備後落合と、現在、犯人と人質の乗っている列車がいると思われる、山上の三井野原駅付近、その中間に、いるという感覚を持った。

県警は、川中島《かわなかじま》合戦の「きつつき作戦」を考えていると、十津川は、聞いていた。

列車は、線路を外れては動けない。そこで犯人のジャックした列車を、挟み撃ちにするつもりなのだ。

今のところ犯人は三人。それに対して県警側は、二十人以上である。

時間はかかるかも知れないが、犯人逮捕で終わるだろうと、十津川は、考えていたのだが、今は、違っていた。

それは亀井刑事の秘《ひそ》かな連絡によって知らされた犯人の異常なほどの執念だった。

（単なる神話ではないか。お伽話《とぎばなし》ではないか。犯人は、多分、面白がって、妙な要求を突きつけているに違いない）

と、十津川は、当初考え、県警の中にも、同じように考える者が、多かった。

それが、違っていたのだ。

犯人は、真面目《まじめ》なのだ。神話の頃、出雲民族は、大和朝廷によって、滅ぼされた。国譲りなどと、ごまかされていたが、実際は、奪われたのだ。その恨みを、晴らしたい。

六十社のスサノオの神社を減らせというのは冗談ではなく、真剣なのだ。

（それを、軽く考えると、危険なことになるかも知れない）

と、十津川は、思うようになっていた。

何とか、それを防ぎたくて、十津川は、わざわざ、犯人と県警の中間に、場所を選んだのだ。

（だが、犯人がどう動くかが、わからない）

5

その日の夕刻になって、動きがあった。

午後六時、犯人が、捜査本部になっている木次駅に電話をかけてきたのである。

電話に出たのは、県知事だった。

犯人の方から、連絡してきたので、知事はほっとしていた。

「六十社を潰せという要求は、まだ、かなえられていない」

と、犯人がいう。知事は、それに対して、

「それは、無理というものだ。前にも、いったように、古い歴史のある神社を廃社にするのは、簡単じゃないんだ。そこで、先刻提案したように、有識者を集めて、出雲神話と歴史を再検討させよう。これは、私が約束する。これで、どうだね?」

知事は、力を入れて説得したが、犯人は、

「どうも、われわれの真意が伝わっていないようだから、新しい提案をする。具体的に、スサノオ系の神社の名前を一つ挙げる。尾留大明神《おとめ》だ。スサノオが、ヤマタノオロチの尾を割《さ》いたらアメノムラクモの剣が出てきたという神話のある神社だよ。木次線の加茂中《かもなか》駅から車で五分の所にある。近くに、ヤマタノオロチが、酔っ払って寝たとされる草枕《くさまくら》山もあるから、すぐわかるはずだ。この神社を今から一時間以内、午後七時までに廃社せよ。これが、われわれの要求だ」

と、いった。

「そうした問題について、研究することを、提案しているのだがね。どうだね？」

と、知事は、話しかけたが、電話は、すでに切れていた。

犯人のこの要求は、十津川にも、知らされた。

「これをどう受け取ったらいいんだろう？」

と、十津川は、刑事たちと、同行してもらった出雲横田の駅員に、問いかけた。

十津川の部下は、東京の人間なので、尾留大明神といわれても、反応が、鈍い。

出雲横田の駅員が、いった。

「スサノオというと、ヤマタノオロチ退治が、有名ですが、この話は、その一つですよ。スサノオが、退治したオロチの尾を切ると太刀《たち》が出てきた。この剣は、アメノムラクモの剣と呼ばれ、熱田《あつた》神宮に奉納されている。この話も、有名です。だから犯人は、この神社を取り上げたんだと思いますね」

「逆にいえば、廃社することも、難しいんじゃありませんか。スサノオといえば、ヤマタノオロチですから」

と、日下《くさか》刑事が、いう。

「犯人も、そのことは、わかっているかな？」

十津川は、自然に、難しい表情になっていた。

「結局、有識者を集めて、検討という線で、犯人を説得するより仕方がないと思いますが」

と、三田村《みたむら》刑事が、いった。

十津川は、いらだった。

それで、犯人が、満足するとは、思えなかったからである。

しかし、犯人が、どう出てくるかも、わからないのだ。

十津川は、出雲横田の駅員に向かって、

「そのノートを見せて下さい」

と、手を伸ばした。

「旅のフレンド」と名付けたノートである。このノートの主が、今回の事件の犯人の仲間かどうかはわからない。

だが、どこかで、通じるものを、十津川は、感じたのである。

もちろん、ノートの主と、そこに、書き込んだ観光客とは、違う。そこを、分けながら十津川は、ノートのページを繰っていった。

そして、最後のページを見つめた。

「六十年ごとの御遷宮『平成の大遷宮』を祝して、奥出雲のどこかで、盛大な花火を打ち上げることに決めた。

約束は必ず守る。」

「このノートを、熱心に見ていた人は、いますか？」

と、十津川は、駅員に聞いた。

「高木英介という旅行作家の人が、そのノートを、熱心に見ていましたね。カメラを持って旅行しながら、写真を撮るんだそうです」

「その人は、このノートのどこに、関心を持っていましたか？」

「最後のページです。このノートを、誰が置いていったのかわからないのです。それに、ノートの主は、最後のページを書いてから、駅に置いていったんですよ。それを、高木英介さんが、教えてくれたんですがね」

「彼は、そのことを、何といっていました？」

「面白がっていましたね」

「高木英介さんとは、最近、話したことがありますか？」

「今日、話しました」

「今日？」

「そうですよ。突然、電話がありました。今回の事件に興味を感じて、出雲に来ているが、事件と、私の勤務している出雲横田駅と何か関係があるのかと聞かれました」

「駅には、来なかったんですか？」

「事件が発生してから、木次線には、警察以外、乗れません」

「そうすると、今、どこにいるんですかね？」

「電話してみましょう」

と、駅員は、ケータイを取り出した。

そのあと、どこかに電話していたが、十津川を見て、

「驚きました。木次線の終点、備後落合にいました。県警の刑事が、ヘリで運ば

れると知って、強引に、同乗させて貰ったみたいです」

と、いい、すぐ、十津川に代わった。

十津川は、単刀直入に、「旅のフレンド」のことに触れて、

「高木さんは、このノートに関心を持たれていたと聞きましたが」

「いや、関心があったのは、最後のページだけです」

「なぜですか？」

「ノートの主は、明らかに、最後のページの言葉を先に書いて、出雲横田駅に置いたんですよ。まるで、何かを予告するみたいにです」

と、高木が、いう。

「それは、今回の事件の予告ですか？」

十津川が、いうと、今度は、高木の方が、

「まさか、――そんなふうに、考えますか」

と、声を出した。

「ええ、それで、問題のページに、ノートの主はこんな文章を書いているんですよ」

と、十津川は、その言葉を、声に出して読んでから、続けた。

「このどこが、気になったんですか？」

「そうですね。『奥出雲のどこかで、盛大な花火を打ち上げる』かな」

「どうして、それが、気になったんですか？」

「正直にいうと、私は、出雲や、出雲の神話や歴史に関心がなかったんですよ。出雲の――祭といえば、太鼓叩いて賑《にぎ》やかにやるんだろうと思っていたんです。ところが、出雲に来て調べてみると、まったく違うんですよ。旧暦十月の神在月《かみありづき》なんか、いい例ですよ。全国から神さまが集まるんだから、さぞ、賑やかだろうと思っていたら、ぜんぜん逆なんですよ。この時、七日間、神在祭として、人々は、歌舞音曲を控えて静かに過ごすんです。だから、出雲ではこの祭りを『御忌《おいみ》祭《さい》』とも呼ぶんです。そんな歴史を知っていると、『盛大に花火を打ち上げる』という言葉が、異様に感じられたんです」

「――――」

今度は、十津川が、黙ってしまった。

「十津川さん。どうしたんですか？　何かいって下さいよ。まさか、私を逮捕するんじゃないでしょうね？」

「いや。失礼。今の言葉、参考になりましたよ」

「何の参考になったんですか？　教えて下さいよ。記事になることなら、教えて下さいよ」

と、高木が、わめいている。

十津川は、構わずに、電話を切り、すぐ、木次駅の捜査本部にかけた。

県警本部長を、呼んで貰う。

「ひょっとすると、犯人は、スサノオの神社を爆破するつもりかも知れません」

と、十津川が、いった。

「爆破──ですか？」

「そうです。どかーんとです。盛大な花火ですよ」

「ちょっと、待って下さい」

本部長の声が、甲高くなり、一瞬、途切れてしまったが、一分ほどして戻ってくると、

「間に合いませんでした。今、尾留大明神で爆発があったという知らせがありま

した。これから、調べに行ってきます」

十津川は、あわてて、車のラジオのスイッチを入れた。

いきなり、アナウンサーの絶叫が、飛び出した。

「尾留大明神で、爆発がありました。石碑が、吹っ飛び、ケガ人が出た模様です。尾留大明神といえば、スサノオのヤマタノオロチ退治で知られ、その上、オロチの尾から、秀《すぐ》れた刀剣が、見つかり、アメノムラクモの剣として有名です。スサノオ伝説のハイライトを飾る神社なのです。それが、爆破されたのです。なお爆発の時、火災が発生していますが、消防車十台が、消火に当たっています。現在、木次線で、トレインジャック事件が起きているので、県警では、それとの関連を、調べています」

「間違いなく、関連ありだよ」

と、十津川が、いった。

「犯人は、木次線をジャックした三人だけじゃなかったということですね」

「そうだ。下手《へた》をすると、他の神社にも、爆弾が、仕掛けられているかも知れない」

「そのくせ、犯人は、スサノオ関係の神社、六十社を廃棄しろと、要求してきましたよ。あれは、何だったんですかね？」

「そんな要求を、島根県知事や、ＪＲ西日本本社が呑めるはずがないんだ。そのくらいのことは、犯人も、わかっていたと思うよ」

「それが、わかっていての脅迫と、爆破ですか」

「もう一つ、気になるのは、このノートだ」

十津川は、「旅のフレンド」を、手に持って、

「このノートを出雲横田駅に置いていった人間だ。今回の事件を予告したのかも知れないという気がしてね」

「なぜ、出雲横田駅にだけ、置いていったんですか？」

「いや、他の駅にも、順次、置いていったということだ」

「もし、そのノートの主が、今回の三人の共犯だったら、確かに、事件を、予告していたことになりますね」

「そうだとしたら、スサノオ伝説と、オオクニヌシ伝説の争いは、もっと根深くて、解決の難しい問題になってくるんだ」

「では、犯人たちの本当の狙いは、何なんですかね？」

「神話の中の出雲王国の復活かな」

「他にもありますか？」

「古事記や日本書紀の中にある国譲り神話の否定か」

「いくらでも出てきそうですね」

「新しい出雲神話を創り、その証明として、スサノオ系の神社を減らし、オオクニヌシ系の神社を増やす」

「すべて、難しいんじゃありませんか。北海道と同じですよ」

と、日下刑事が、いった。

「北海道って、何んだ？」

「一時、エゾ共和国独立運動というのが、あったんです。北海道は、もともと、アイヌの土地だから、この際、アイヌに返し、独立共和国にしたらいいだろうという運動でした。しかし、すでに北海道には、日本人が五百万以上住んでいて、それを追い出すのは、不可能だということで、この運動は、消えてしまいました。今回の事件でもすでに存在するスサノオ系神社を減らすのは、まず、無理だと思います。ですから、連中の要求は、成功しません」

「私も、無理だと思うが、拒否すれば、スサノオ系の神社を、次々に、爆破していくかも知れないぞ」

「そんなバカなことを、やるでしょうか？」

「もう一つある。犯人は、木次線をジャックして六十人を人質に取っている。その上、スサノオ系の神社六十社を廃棄しろ、さもないと、人質六十人を殺すといっているのだ」

「リアリティがありません」

「私もそう思っていた。が、尾留大明神が、爆破されたのを見ると、連中は、二両の車両に爆弾を仕掛けて、三井野原駅から、こちらに向かって、逆落しに、突っ込ませるかも知れない」

「そんな無茶なことをやるでしょうか？」

「この『旅のフレンド』に書かれている文字を読むと、『盛大な花火を打ち上げる』と書き、『約束は必ず守る』とあるんだ」

と、十津川が、いうと、ふいに、車の中を、沈黙が、支配してしまった。

「どうしたらいいんですか？」

と、三田村が、いった。

「対応策は、いくつかある」

と、十津川は、いった。

「それを、いって下さい。何か、やりましょう。ただ、見守っているだけでは、意味が、ありませんから」

と、北条刑事が、いった。

「最後は、犯人たちとの話し合いになるだろうが、その前に、犯人の一人を捕まえて、彼らの本音を聞ければ、対応策が取れると思う」

「やりましょう」

「その人間が、このノートのことを知っていたら、ノートを書き、木次線の駅に配った理由を聞きたいんだよ」

と、十津川が、いった。

第六章　説得への出発

1

高木英介は、いらだっていた。

今回の事件を契機に、鉄道関係の第一人者になろうと思うのだが、ここに来て、動きが止まってしまったのである。

手づまり状況といってもいい。犯人たちの要求は、人質の六十人と同じ数のスサノオを祀《まつ》る神社を廃社しろということだった。しかし、冷静に考えれば、そんなことが可能かどうか、わかるはずである。

そこで、犯人たちは、まず、尾留《おとめ》大明神を一時間以内に廃社しろと要求し、知事側が迷っていると、神社の一部を爆破した。

知事側は、驚いたろうが、だからといって、六十社の廃社など、とてもできる話ではない。

犯人側は、六十人の人質を殺すと脅しているが、これも、無理だろう。なぜなら、犯人たちは、出雲《いずも》王国の復権を求めているように見えるからである。もっと簡単にいえば、正義を求めているのだ。そんな連中が、六十人もの人間を、殺すとは、考えにくいのだ。

だから、両者手づまりになってしまっている。動きがないと、高木の手柄の立てようがない。

今、高木は、木次《きすき》線の終点、備後落合《びんごおちあい》駅に、県警の刑事たちと一緒にいる。

犯人たちが、トレインジャックした車両が、山の上から、押し出されて来るのを、待ち伏せしているのだが、その車両が、いっこうに、見えて来ないのである。

(ここで、刑事たちと一緒に、待っているのも、芸がないな)

と、高木が、考えた時、彼のケータイが、鳴った。

男の声で、いきなり、

「私を覚えていますか？」

「聞き覚えのある声ですが――」

「木次線の出雲横田駅の駅員ですよ」

「ああ、わかりました」

「今、どこです？」

「まだ、木次線の終点の備後落合駅にいます。犯人たちの乗る車両が、山から下りてくるのを待っているんですが、いっこうに、動きがなくて、退屈していますす」

「それなら、こちらに来ませんか。実は、出雲横田駅にあったノート『旅のフレンド』を調べている、先ほどの警視庁の警部さんがいましたよね。あのノートのことで高木さんと直に話したいと、いっているんです。もし、高木さんも、興味があるのなら、そちらに迎えに行きますよ」

「あのノートがね。もちろん私も興味がありますよ」

「じゃあ、迎えに行きますよ」

それから、十五、六分して、出雲横田の駅員が、軽自動車で、やってきた。

その車に乗った。

「あなたの車？」

と、聞くと、

「捜査のために、警察が、強制的に徴用した車ですよ」

と、笑う。

高木が、連れて行かれたのは、三段スイッチバックを下りた地点近くに、停められた車だった。

十津川警部は、高木を歓迎して、

「例のノートにくわしいそうですね」

「最初の頃から、注目していただけです」

高木は、殊勝に答えた。

「ノートの一番最後に、花火を上げると書いているのは、今回の犯人の一人か、一人でなくても、何らかの関係がある人間だろうと見ているんです。あなたですか？」

十津川に、単刀直入に聞かれて、高木は、あわてて、

「違います」

と、いってから、

「ひょっとすると、あの言葉を書いたんじゃないかという人間に、心当たりがあります」

「それは、うれしい。どんな人ですか？」

「百竹研《ひゃくたけけん》という初老の男性で、古代史の研究家です」

「面白い名前ですね。高木さんの知り合いですか？」

「いや。今回の事件の真の解決は、古代史にくわしい人間によると考えて、東京から、かつぎ出してきたんです。ところが、突然、長野県で頼まれていた仕事を思い出したといって、帰ってしまったんです」

「それでも、あのノートの最後のページに例の文章を書いた人間に違いないと、どうして、思えるんですか？」

「百竹研の喋《しゃべ》る言葉を聞いていると、出雲王国に同情的なんですよ」

「しかし、今回の事件を眼の前にして、逃げてしまったんでしょう？」

「そうなんですが、どうも、おかしいんです。約束を思い出したといって、わざ

「しかし、事件が起きているのは、出雲地方の特に、斐伊川《ひいかわ》の周辺でしょう。帰ってしまったら、何にもならないんじゃありませんか？」

「そうなんですが、今もいったように、わざとらしいんです。それに、事件が起きたのは、確かにこちらの木次線ですが、事件そのものは、記紀の世界のことですから、百竹さんの研究している世界なんです。それが、出雲まで来て、急に逃げ出すとは、とても、考えられないんです」

と、高木は、いった。

「それなら、電話してみたら、どうですか？」

「それが、百竹さんのケータイにはつながらないんです。ただ事務所には、かかったので、どこに行ってるか、聞いたんですが、日本中を動きまわっているというんですよ。約束したことを思い出したというのとは、違うんですよ。どうも、古代史の世界を動きまわってるみたいなんです」

「出雲周辺ですか？」

「留守番の女性が、いったのは、もう一つ、百竹さんの息子が、今、九州に行っているということなんです」

「九州では、出雲とは関係ありませんね？」

「そうなんですが、思い出した約束とも違うんです」

「それで、百竹さんが、あのノートの最後のページを書いたんじゃないかという根拠は、何なのですか？」

「百竹さんから、一度だけ手紙を貰ったことがあるんですが、その手紙の文章と、ノートの文章がよく似ているんです。テンポがです」

「他には」

「ノートの中に、出雲大社は、六十年ごとの御遷宮とありますが、伊勢神宮の二十年の遷宮のことを知っていても、出雲大社の六十年を知っている人は、あまりいません。百竹さんは、知っていました。それから、『奥出雲のどこかで、盛大な花火を』とありますが、百竹さんも、出雲で問題なのは、奥出雲だと、いっていましたから」

と、高木は、いった。

十津川は、少しずつ、百竹研という人物に、関心を持ち始めたようだった。

「しかし、連絡が、取れないというのは、残念ですね」

「百竹さんも、私に連絡を取りたいはずなんですよ。今回の事件に関心があるので、私と一緒に出雲に来たくらいなんですから」

と、高木は、いった。

そして高木と、百竹は、二人で、稲佐《いなさ》の浜に行っている。

百竹の話で、「出雲族は、稲佐の浜で、海の彼方《かなた》から『竜蛇さま』がやってくるのを待っている」というので、二人で、あの浜に行ったのである。

これも、百竹研の話だが、

「国引きの行事の舞台となったのは、稲佐の浜だったし、日本中の神様が出雲に集うとき、その神様を迎えるのも稲佐の浜である」ということだった。

そんなことを考えると、どうしても、百竹研と、連絡を取りたくなった。十津川も、会いたいというので、高木は、もう一度、百竹のケータイに、かけてみた。

二回、三回とかけていると、四回目に、やっと、百竹が出た。

「どこにいるんですか？」

と、少しばかり、腹を立てて、突っ込んだ調子で聞いた。

「今は長野県にいる。そっちは、どうなんだ？　ニュースでは、犯人が、スサノオを祀った神社を、爆破したそうじゃないか？」

「尾留大明神です。犯人は、前もって、爆弾を仕掛けておいたんです」

「犯人は、捕まりそうなのか？」

「時間が、かかりそうです。先生にも、こちらに、来て頂きたいんですが、無理ですか？」

「こっちの仕事が終わったら、すぐ、そちらへ行くよ。私も、そちらの結末を見たいからね」

「長野県のどこへ行っていたんですか？」

「一番有名な場所だよ」

「すると、上田《うえだ》城ですか？」

「いや。諏訪湖《すわこ》だ」

「ああ。大木にまたがって、七年ごとに急坂を滑り落ちるやつですね」

「ご神木の御柱祭《おんばしらさい》だよ」

「こっちは、解決が、長引きそうです。諏訪湖なんかに感心していないで、こちらへ来て貰えませんか。木次線の駅に、置かれたノートに、誰かが、気になることを書いているんですが、あなたが、書いたんじゃありませんか？」

「どうして、私が書いたと思うんだ？」

「木次線の駅に来て、あんなことをノートに書くのは、百竹先生ぐらいしかいませんからね。こちらでは、神社が爆破されましたが、警察は、ノートに書いた人間を、疑っていますよ」

「どうしてだ？」

「奥出雲のどこかで、盛大な花火を打ち上げると、書いたでしょう。その言葉通り、尾留大明神で、爆発があったからですよ」

「やっぱり、警察は、そんな風にしか解釈できないんだな。困ったものだ」

「じゃあ、やっぱり、ノートの文章は、先生が書いたものですか？」

「いや、私の息子が、書いたものだ」

「息子さんは今、九州にいるそうじゃないですか？」

「その前に木次線に乗っていたらしい。出雲神話について、私と同じ考えを持っているから、あんなことをしたんだろう。もう少し、出雲の人たちに、誇りを持って貰いたいといっていたからね」

「息子さんは、今、一緒にいるんですか？」

「いや、日本中を走りまわっている」

「何のためにですか？」

「出雲王国復権のためだと、息子は、いっている」

「それなら、先生と一緒に、息子さんにも、すぐ、こちらへ来て貰えませんか。警察も、あのノートを書いた者に会いたいと、いっているんですから」

高木が、粘る。それを聞いていた十津川が高木から、ケータイを奪い取るようにして、

「警視庁捜査一課の十津川といいます。高木さんがいったように、犯人たちは、あらかじめ、尾留大明神に、爆弾を仕掛けておいて、それを爆破させました。被害は軽微ですが、今後、どう出てくるかわかりません。誰も、解決策を、持っていなくて、前途が読めません。ですから、あなたに、ぜひ、こちらに来て頂きたいのです」

「私みたいな老人に、何もできませんよ」

「いや。あなたの息子さんが、あのノートの最後のページを書いたと聞きました。今回の事件に、何か思うことがあるからでしょう？　ぜひ、それを聞かせて頂きたいのですよ」

「今、ちょっと、手が離せません。これがすんでから、そちらの申し出を受けるかどうか考えます。とにかく、急ぐので」

そういって、百竹は、電話を切ってしまった。

十津川が、憮然《ぶぜん》としていると、高木が、

「百竹研のことは、もう考えないことにしましょうよ。本気で出雲のことを、心配しているわけじゃないんです。長野の諏訪で、何か、金もうけの仕事でもやってるんですよ。出雲王国や、出雲神話に本当に関心があるのなら、こっちへ来ればいいんです。事件は、こちらで起きているんだから」

「長野の諏訪にいるといったんですね？」

「そうですよ」

「誰か、字引きを持ってないか」

と、十津川が、ふいに、大声を出した。

誰も、手を上げない。

高木が、ポケットを探っていたが、ポケットから、小さな電子辞書を取り出した。

「これでもいいですか？」

「それで、十分です」

十津川は、手に取ると、「ＳＵＷＡ」と、打ってみた。

諏訪に関係のあるさまざまな、言葉や、場所が、並んでいる。

十津川は、その中から、「諏訪神社」を引いてみた。

○諏訪神社（大社）

上下《かみしも》二社よりなる。上社は長野県諏訪市中洲《なかす》に、下社は同県諏訪郡下諏訪町に鎮座する。旧官幣大社。建御名方神《たけみなかたのかみ》と八坂刀売神《やさかとめのかみ》を祀る。上社は前者を、下社は後者を中心の祭神とする。

「これですよ」

と、十津川は、その説明文を、高木に示した。

「それが、どうかしたんですか?」

「ここに、建御名方神とあるでしょう」

「ええ」

「次に、国譲りの神話を引くと、こう書かれています」

○国譲り神話
古事記によれば、アマテラスの使者としてタケミカヅチ、アメノトリフネの二神が、オオクニヌシノミコトに国譲りを迫ったところ、オオクニヌシノミコトは、子のコトシロヌシノミコトが同意すると、さらに、もう一人の子タケミナカタノミコトにも聞いてほしいという。そして、タケミナカタノミコトも同意するに及んでオオクニヌシノミコトも国譲りに同意した。


「どうです。同一人ですよ。建御名方神です」

と、十津川は、ニッコリした。

「同じ、大国主命の子供みたいですね」

「そうです」

「しかし、出雲大社じゃなくて、諏訪大社で、出雲ではなく、信州ですよ」

「だから、百竹さんは、調べに行ったんだと思いますがね」

　と、十津川が、言う。

　高木は、「あっ」と、小さく声を上げて、

「百竹さんから、似たような話を聞いたことがあったのを思い出しました。何とか信仰が日本中にあるんだとかいう話でしたが、くわしいことは、忘れてしまいました」

　と、いった。

「もちろん、今回の事件に、関係しての話だったんでしょう？」

「そうです。今回の事件のことで、百竹さんに、話を聞きに行ったんですから」

「それなら、百竹さんは、必ず、ここに来ますよ」

　と、十津川は、言った。

2

事件の方は、膠着《こうちゃく》状態になっていた。

犯人は、少なくとも三人で、二両連結の列車を占領し、その列車に閉じ込められた人質は、変わらずに、六十名である。

この列車は、現在、三段スイッチバックを上り切った地点で、停車して動かない。

この列車を追ってきた、刑事たちの乗った車両は、三段スイッチバックの手前で、停車したままである。

犯人が、レールに油を塗ったらしく、スイッチバックを、上れなかったし、犯人たちのジャックした車両に近づけば、人質を猟銃で射殺すると脅かすこともあって、近づけないのである。

備後落合で、ジャックされた列車が、下りてくるのを待ち受けている刑事たちも、相手が下りて来ないので、動きが取れなかった。

陽《ひ》が落ちた頃、犯人たちは、知事に対して、六十人の人質と、三人の犯人の分の食事と、飲料水を要求してきた。

知事側は、この要求に、内心、ほっとした。

警察もである。

とにかく、食事の間は、犯人たちは、人質を殺すようなことはしないだろう。その間に、人質救出計画を立てることにしたいと、考えたからである。

まず、犯人の要求する食料と飲料水である。

何しろ、犯人の分も合わせると、六十三人分である。

それに、備後落合駅に展開している県警の刑事たちと、車の中にいる十津川警部たちの夕食もある。

山上の列車に対する食料は、ヘリコプターを使うことに決まった。

他の刑事たちの夕食は、トラックで、運ぶことになった。

その作業の間、木次駅に置かれた捜査本部では、知事を中心にして、会議が開かれていた。

差し当たっては、犯人が要求した夕食が、間違いなく、渡ったかどうかの確認だった。　渡らずに、犯人を怒らせてしまったら、対応どころではなくなってしまうのだ。

刑事たちは、全員が、コンビニで売っているお弁当でいいことになって、こちらの手当ては、楽だった。

その点、犯人の要求は、さまざまな料理が混ざっていて、面倒だった。寿司《すし》、チャーハン、おにぎり、日本そばと、わがままなのだ。それでも、今は、犯人を怒らせてはいけないと、我慢して、その要求を受けて、ヘリを、何回か、往復させた。

捜査本部の中では、夕食を届ける時に、いっせいに、三人の犯人を、屈服させてしまおうという提案も出た。

ヘリから、いっせいに催涙弾を落とす。ヘリには、数名の刑事が、待機している。

催涙弾が、炸裂《さくれつ》して、白煙と、催涙ガスが、二両の車両を押し包むのと同時に、ガスマスクをつけた数名の刑事が、降下する。いずれも拳銃を携行し、犯人は、見つけ次第、射殺する。

これが、夕食を利用した、犯人制圧計画だった。

賛成する刑事もいた。が、県警本部長が、反対した。

「三人の犯人が、猟銃を持っていることを、忘れないで下さい。こちらが攻撃したとき、犯人たちが、やみくもに、猟銃を撃ってきたら、どうするんです。催涙ガスと、白煙で、車内が見えなくなっていれば、三人の猟銃で、何人、人質が死ぬかわかりませんよ」

「刑事たちがいっせいに、拳銃を撃って、犯人たちを、制圧することもできるんじゃありませんか？」

そういう意見も出た。

「それは、無理だよ」

と、本部長が、いう。

「三人の犯人が、猟銃の他に、爆弾を持っていて、それを投げて、爆発したらどうなるんだ？」

この一言で、犯人逮捕は、一時、中止が、決まった。

全体の空気は、一時休戦である。

しかし、木次線は、停まったままだし、夕食のあと、犯人たちが、何を要求してくるかわからない。

「多分、同じ要求を、突きつけてくると思いますね」

と、捜査会議に呼ばれた郷土史家は、いった。

「スサノオノミコトを祭神とする神社を、六十社減らせ、廃社しろという要求ですか?」

と、知事が、聞く。

「そうです」

「そんな無茶なことは、できるはずがない」

知事が、吐き捨てるようにいうと、県警本部長が、

「尾留大明神のことがあったので、犯人たちは、スサノオノミコトを祀るほかの神社に、あらかじめ爆発物を仕掛けていることも考えられます。そこで、現在、全力を上げて、各神社を調べているところです」

と、いった。

そのためには、休戦時間が、長引いた方がいいとも、言った。

「その点、犯人たちは、どう考えているんだろう？　彼らも持久戦を考えているんだろうか？」

「夕食の要求をしてきたところを見ると、そう見ていいと思います」

と、本部長が、いう。

「明日までかかりそうかね？」

「そのくらいの覚悟は必要だと思います」

「犯人の考えが、どうも、私には、わからんね」

と、知事が、いう。

「何回もいうが、スサノオの神社六十社の廃社など、できないことぐらい犯人だって、わかっているはずだ。真の狙いは、何なのかね？」

「多分、出雲王国、あるいは、出雲神話の復権でしょう」

と、郷土史家が、いった。この問答も、すでに、何回も繰り返されたことだった。

「このことは、すでに、犯人側にも伝えてあるはずだね」

と、知事が、いった。

「ですが、犯人側からは、それでいいという返事は来ていません」

と、本部長は、いった。

「明日まで、かかりそうだな」

知事が、小さく、溜息《ためいき》をついた。

3

午後八時。

木次線の沿線は、静かである。

木次駅に置かれた捜査本部では、知事たちが夕食のあと、仮眠をとっていた。

忙しいのは、スサノオノミコトを祀る神社に、爆発物が仕掛けられていないかを調べている刑事と警官たちだった。

今のところ、危険なものは、発見されなかった。

十津川たちのグループでは、八時十五分に、高木のケータイに、百竹から、連絡が入った。

「テレビのニュースによれば、そちらも、静かだそうだね。いいことだ」

百竹は、呑気《のんき》にいう。

「嵐の前の静けさですよ。先生は、まだ長野県ですか？」

「そうだよ。今、九州に行っていた息子から連絡が、入った」

「九州のどこですか？」

「長崎だ」

「長崎といえば、キリシタンでしょう？　今、日本の神話でもめているんですよ」

「長崎にだって、神社はあるよ」

「そりゃあ、あるでしょうが、出雲じゃありませんよ」

「長崎の『おくんち』だ」

「クジラの形の山車《だし》でしょう？　それが、どうかしたんですか？」

「息子から、思った通りだという連絡があった。明日の九時頃には、そちらに行ける。多分、それまでは、犯人たちも、休戦状態を続けるだろう」

と、百竹は、いい、今回も、勝手に電話を切ってしまった。

高木は、すぐ、十津川に、百竹の言葉を伝えた。

「今度は、長崎ですよ。百竹の息子が長崎のおくんち祭を調べに行ったそうです」

「確か、長崎の諏訪神社でしょう」

と、十津川は、いう。

「おくんちは知っていますが、諏訪でしたかね？」

「そうです。諏訪神社のはずです」

と、十津川は、いい、念のために、高木の電子辞書で調べてみた。

○諏訪神社
長崎市上西山町《かみにしやままち》に鎮座。旧国幣中社。

建御名方神、八坂刀売神を祀る。一六二五年の創建。例祭は十月八日。それをはさんで行われる諏訪祭（十月七日～九日）は、おくんちとして名高い。


「またタケミナカタですか。その神様はオオクニヌシの子供ですよ」

と、高木は、続けて、

「なぜ、長野や、長崎に、出雲の神様を祀る神社が、あるんですかね？」

「それを、百竹さんは、調べているんでしょう。明日になれば、こちらに来るといっているんだから、その時に、くわしく聞いてみようじゃありませんか」

十津川は、微笑している。

「何だか、十津川さんは、楽しそうですね？」

高木が、咎《とが》めるように、睨《にら》んだ。

「楽しいですよ」

「今の休戦状態が終われば、また戦いになるというのに、刑事さんが、喜んでいたんでは、困りますよ」

「問題は、犯人たちをいかに、説得するかでしょう」

「そうですが、知事や郷土史家が説得しても、失敗していますよ」

「百竹さんは、成功するかも知れない。だから、楽しみなんです」

と、十津川は、いった。

「そうですかねえ。確かに、偉そうに喋っていますが、いったん、私と一緒に出雲に来たのに、自信がなくて、逃げ出したんですよ」

「しかし、百竹さんの方から、連絡して来たじゃありませんか。それも、自信満々にです。だから、楽しいんですよ。われわれとしては、明日に備えて、体力をつけておこうじゃありませんか。お弁当が、まだ、いくつか余っていますよ」

高木は、そんな十津川のように、楽観的には、なれなかった。

それに、高木は、今回の事件について、独自のニュースを作り、それを発表して、名を上げたいのだ。

現在、旅行作家として、紀行文を、旅行雑誌に載《の》せて貰っているが、冷静に見て、無名に近いと思っている。

現在、大事件になりそうな現場に来ている。この機会に、名を上げたいのだ。

だから、百竹研にも声をかけて、一緒に出雲にも、連れてきたのだ。

今のところ、まったく役に立っていない。

出雲横田駅の駅員が弁当と、お茶を持って来てくれた。

「明日は、忙しくなりそうだから、体力をつけておいた方がいいと、十津川さんが、いっています」

「あなたは、明日、解決すると思っているんですか？」

と、高木が聞いた。

「私は、木次線の人間ですから、一刻も早く、事件が解決して、列車が動くようになって欲しいですよ。それに――」

「それに、何です？」

「今日の事件が、プラスに作用して、観光客が、増えればいいと願っています」

「なるほどね」

「ですから、犯人たちの行動も、プラスになることを願っているんです。今のところ、観光の売り物は、ヤマタノオロチしかないので、これを機会に、売り物を、もっと増やしたいのです」

「オロチの他に、何があるかな？」

「いくらでもありますよ。出雲大社、出雲神話、古代史の世界、国譲りの神話、それにエビス、ダイコク、いくらでもあります。ただ、今までは、出雲地方に限られているので、今回の事件をしおに、この地が全国的、世界的なものに、なればいいと思っているんです。だから、高木さんにも、協力をお願いしますよ」

と、駅員が、いった。

「協力は、惜しまないが、その代わり、私には何んでも話して貰いたいね。その約束をしてくれたら、喜んで力を貸す」

と、いっているうちに、高木は、少しずつ、力が生まれてくるのを感じた。

自分は、いま、事件の現場にいるのだし、明日やってくる百竹研とは、知り合いなのだ。

「腹が、すいてきた」

と、高木は、ニッコリして、まず、お茶を飲み、弁当のフタをあけた。

4

翌朝、七時過ぎ、新聞社のヘリが、木次線の沿線に構えている犯人側と、知事、警察側に、朝刊を投下した。

特に、犯人の占拠している二両の車両に対しては、事件を知らせる新聞と同時に、手紙も、投下した。

知事側に、要求書を突きつけるときには、中央新聞にも、その写しを送って下さい。

知事側が、拒否した場合でも、中央新聞には、必ず載せることを約束します。

中央新聞社の代表電話番号とＦＡＸの番号も書かれていた。

高木は、さっそく、自分を売り込むことにした。

自分が、旅行作家であることを告げてから、

「現在、事件の真っただ中にいます。今後の事件の進捗《しんちょく》について書いていくつもりです。そちらの新聞に、載せてもいいですよ」

「あなたの書いたものが、事件の核心をついていれば、喜んで買いますが」

「実は、午前九時になると、今回の事件の解決人が、やって来ることになっています」

「そんな人がいるんですか？」

「います」

「しかし、知事にも、県警本部長にも話を聞いていますが、そんな人物のことは、まったく出ませんでしたが」

「いや、知事や、本部長の知らない人物ですが、この人物なら、犯人を説得できるのです」

「何という名前ですか？」

「それは、今はいえません。幸い、私は、この人物と親しいので、中央新聞に紹介することができます」

「その人物が本当に、今回の事件を解決できる力を持っているのなら、ぜひ、紹介して頂きますが、今の段階では、信じられないので」

「わかっています。もし、私の話の通りになったら、私と契約して下さい」

と、高木は、いった。

犯人が、朝食を要求してきたので、夕食の時と同じ要領で、食事を用意する。

十津川や、高木たちの所にも、朝食が運ばれてきた。

今のところ、犯人たちの行動は不明だった。

そんな時、高木のケータイに、百竹から、連絡が、入った。

「今、出雲に着いた。木次線が止まっているので、レンタカーで、そちらに向かう」

と、いう。

高木は、こちらの場所と、車のルートを教えて、待った。

しかし、百竹が到着する前に、朝食をすませた犯人が、知事たちに、改めて、要求を突きつけてきた。

その要求は、まったく同じだった。

木次線の周辺にあるスサノオの神社六十社を廃社せよ。拒否すれば、一社につき人質一人を殺すというのである。

知事や県警本部長は、有識者を集めて、出雲に関する神話を再検討することで、人質を解放して貰おうとしたが、犯人たちの拒否にあってしまった。

百竹研と、息子の勇《いさむ》が、十津川たちの拠点に着いたのは、その直後だった。

百竹研は、小柄だったが、息子の勇は、百九十センチの大男だった。

百竹は、「喉《のど》が渇いた」と、いって、十津川の差し出すお茶を飲んでから、

「現在の状況は、ここまで来る車のラジオで聞きました」

と、十津川に、いった。

「このままだと、知事側としては、打つ手がないといっています。と、いって、スサノオを祀る神社を、廃社にするわけにもいかないと、困惑しているようです」

と、十津川が、現在の様子を、説明した。

「犯人は、人質を殺すと思いますか？」

と、百竹が、聞いた。

「問題は、そこなんです。電話で、木次駅の捜査本部に聞いたところでは、犯人たちは、それほど、凶悪には見えない。しかし、追い詰められると、どんな行動に出るかわからないとも、いっているんです」

「犯人たちは、出雲王国の主、オオクニヌシを祀る神社より、スサノオを祀る神社の方が、多いのは、けしからんといっているんでしたね？」

「犯人たちの主張の根拠は、その点です」

「つまりその点が、納得できたら、人質を殺さないと見ていいんでしょうね？」

「だと思いますが、犯人たちを納得させるためには、多くのスサノオの神社を潰すしかないんです。しかし、これも、不可能です。簡単に、神社を潰したりは、できませんから」

「現在、犯人側は電話を使って、知事側に要求を突きつけているわけですね？」

「そうです」

「犯人は、三人でしたね？」

「そうです。同調者は、他にもいると思いますが」

「三人の中の一人を、代表として呼んで、少人数で、話し合うように、持っていけませんかね。ほかは犯人、知事、の二人だけ。それなら、私が、犯人を説得する自信はあるんですがね」

と、百竹は、いう。

「犯人二人は、駄目ですか？」

「二対二ですか？」

「そういうところは、犯人たちも、神経質になっているので、一人だけでは、拒否するかも知れません」

十津川は、大事なところなので、慎重に、言葉を探した。

「その場合、知事と私で二人ということになりますが、知事が、承知してくれれば、かまいません。ただ、知事が、私を信頼してくれなければ、困りますが」

と、百竹が、いう。

「百竹さんは、知事と話したことがありますか？」

「いや。一度もありません」

「それでは、犯人の説得より、知事の説得の方が難しいかも知れません。これから、直接、木次に行って、知事に会って下さい」

と、十津川は、いった。

しかし、時間がない。そこで、十津川は、ヘリの出動を、要請した。

ヘリに合わせて、十津川は、百竹を、ヘリの発着が可能な平地まで、連れて行った。

百竹が、息子の勇も、連れて行きたいというので、捜査本部には、入らず、外で待つことを約束させてから、ヘリに乗せることにした。

ヘリは、百竹父子を乗せて出発した。

木次駅の近くに、着陸した。まず、十津川が、知事と県警本部長に、百竹を紹介した。そのあと、十津川は、外に出ていた。

捜査本部の中で、三人が、どんな話し合いをしたのか、わからない。一時間近くたってから、知事が、出て来て、十津川に、

「百竹さんを信頼して、私は、犯人たちに、呼びかけてみることにした。その会話の中で、百竹さんにも、犯人たちを説得して貰う。ああ、もちろん、すぐ始める」

と、いった。

知事が、犯人たちに対して、どんな話をしたのか、百竹が、どんな助言をしたのかわからないが、犯人側は、二人が出席し、こちらは、知事と百竹の二人で、四人での話し合いが、実現することになった。

場所は、三段スイッチバックの上に位置する、三井野原駅と決まった。

この場所を指定したのは、犯人側だった。

その駅までは、木次線の列車を使わなければならない。

そこで、三段スイッチバックの入口、出雲坂根で、停車している刑事の乗った一両だけの列車を、木次まで戻し、その車両に、知事と、百竹父子、それに十津

川が乗って、三井野原駅まで行くことになった。

その代わり、レールに油を塗って、刑事の乗った車両を上らせなかった犯人たちが、その油を、拭き取っておくことになった。

問題は、犯人たちの出方だった。知事が、新しい人質になっては、元も子もなくなってしまう。と、いって、刑事を同席させるわけにはいかなかった。

そこで、十津川は、知事か百竹のどちらかにボイスレコーダーを持たせることを提案した。

「しかし、犯人側に知られたら、知事が、危くなるんじゃないか」

と、心配する刑事もいた。それに対して、十津川は、

「向こうも心配して、犯人二人のどちらかに、ボイスレコーダーを持たせますよ」

と、いった。

その言葉で、全員が、納得し、百竹に、ボイスレコーダーを、持たせることにした。

考えてみれば、今回の犯人たちは、金銭目的で、トレインジャックをしたわけ

ではなかった。

木次線沿線に、出雲王国のオオクニヌシを祀る神社より、アマテラス系のスサノオを祀る神社の方が多いのはおかしいと主張してのトレインジャックだったのである。

とすれば、犯人たちは、知事たちの言動が、何よりも気になるはずである。知事が何を約束するか、それを、録音したいと思うに違いない。

多分、こちら側が、犯人が何をいうか知りたいということよりも、向こう側が、知事の発言を重視しているだろう。

そう考えれば、十津川がいうように、犯人が、録音するために、ボイスレコーダーを持ち込むことは、大いに、考えられるのである。

百竹も、笑いながらいった。

「犯人に会ったら、隠しマイクなんか止《や》めて、テーブルの上に、お互いのボイスレコーダーを並べておいて、堂々と、話し合おうと提案しますよ」

「犯人を説得する自信があるんですか？」

と、県警本部長が、聞いた。

その質問に対しても、百竹は、微笑を返した。

「自信がなければ、こんなことは、引き受けません」

「犯人たちは、スサノオを祀る六十の神社を廃棄しろと要求していますが、その要求を、引っ込めさせる自信があるんですか？」

それが、マスコミ関係者の質問だった。

「百パーセント、大丈夫です」

「その自信の根拠は、何んなんですか？」

「私には、犯人たちの気持ちが、よくわかっているからです」

最後に、百竹がいって、知事と一緒に出発して、行った。

第七章　神話と説得

1

会合の場所は、木次《きすき》線で一番高い駅「三井野原《みいのはら》駅」のホームと決まった。

この辺りは、島根、広島の県境で、木次線沿線で、もっとも雪深いといわれる地域である。

この駅の一つ手前の出雲坂根《いずもさかね》駅から、木次線一の勾配といわれる三段式スイッチバックに入り、百六十七メートル上ったところが三井野原駅である。

従って、警察が、この駅に近づけば、すぐわかる。それに、六十人の人質を、確保しておくのも、楽である。

そのため、今回の犯人も、この駅のホームならば、話し合いに応じたのである。警察側、犯人側から、何人が出てくるかについて、まず、もめた。

お互いに、二人ずつということになったが、今度は、その二人を誰にするかで、論争になった。犯人の方は、木次線の車両と六十人の人質を確保した三人の犯人の中の二人が、出席することになった。

警察側は、古代出雲の研究者、百竹研《ひゃくたけけん》と県知事の他に、刑事二人を要求した。百竹研は、いわば、裁判官で、第三者である。従って、犯人側二人に対して、こちらも、刑事二人を要求したのだ。

当然、犯人側は、この要求を拒否した。第一、自分たちは、百竹研なる人間を知らないといい、警察と親しいかも知れない。それを第三者と呼ぶことは、できないといった。そこで、百竹自身が書いた経歴と、「日本の古代」について、講演しているビデオも見せた。さらに、今回の会合で、百竹が、警察側の味方をした場合は、直ちに話し合いを中止するという一札を入れることになった。

それで、やっと、犯人側が、折れたのだが、次は、二人の刑事の所属だった。一人は、島根県警の刑事でもいいが、もう一人は、別の都道府県警の刑事にして欲しいと、いい出したのである。それで、突然、警視庁警部の十津川の名前が、挙がった。十津川自身、面くらったが、犯人側の要求ということもあって、島根県警の川口警部と、警視庁の十津川警部の二人が、警察側として、出席することに決まった。知事は出席しない。

その日の午前十時ジャストに、三井野原駅のホームに、十津川は、県警の川口と、百竹研の二人と、一両の臨時列車に乗り、三段式のスイッチバックを使って、到着した。

十津川たちを乗せてきた車両は、すぐ、三段式のスイッチバックを使って、帰って行った。

その時、百竹研の要求で、十インチの携帯型のＤＶＤプレイヤーも、ホームに下ろされた。

数分遅れて、犯人二人も、到着した。

二人で、一丁の猟銃を持っていたが、これは、お互いに、了解した。

ホームには、絨毯《じゅうたん》が敷かれ、テーブルが置かれ、その上には、缶ジュース、缶コーヒー、缶入りのお茶などが、並んでいた。すべて、缶入りにしたのは、毒入り、睡眠薬入りを、犯人側が、警戒したからである。

また、テーブルの上には、双方が、持参したボイスレコーダーが、スイッチを入れた状態で置かれた。

それに、百竹が持ち込んだポータブルのDVDプレイヤーもである。百竹が、それを使って、どんなDVDを見せるつもりなのか、十津川にも、わかっていなかった。

まず、犯人二人が、自分の名前を、口にした。

斉藤　正明
上田　信《まこと》

である。斉藤が、まず、口を開いた。

「ここから、五十メートルの所に、六十人の人質を乗せた列車が、停《と》めてある。もし、われわれを逮捕しようとしたら、人質は、皆殺しにする」

「そんなことはしない。こちらは、君たちと話し合いに来たんだ」

と、川口が、いった。

「それなら、われわれの要求は変わらない。この出雲王国は、オオクニヌシと、その子、コトシロヌシによって、治められていた王国である。それなのに、ヤマト朝廷を代表するアマテラスと、その弟、スサノオによって征服された。それを示すように、オオクニヌシや、コトシロヌシを祀《まつ》る神社より、スサノオを祀る神社の数の方が多い。征服者を祀る神社の方が多いことは、われわれには、我慢がならないのだ。そこで、われわれは、それを正そうと、決起した。われわれの要求は、簡単だ。まず、スサノオを祀る神社のうち六十社を廃棄せよ。それが実行された時は、六十人の人質全員を解放するが、十社だった場合は、十人だけ解放し、あとの五十人は、殺す。この要求は、絶対に変わらない」

「それは、無理だ。歴史的に造られた神社を破壊することは、誰でも許されない」

と、川口警部が、固い表情で、いった。

犯人の上田が、反論する。

「そもそもその歴史が、間違っているのだ。あなたがいう歴史というのは、国譲りのことだろうが、われわれは、そのような事実はなかったと考えている」

「しかしね。日本の古代史といわれる古事記と、日本書紀の両方に、載っていることだよ」

と、川口は、いい、手帳を取り出して、そこに書き留めた文章を読んだ。

「古事記によれば、アマテラスが、『豊葦原《とよあしはら》の水穂の国はわが御子アメノオシホミミが、統治すべき国だ』といった。タカミムスヒ（タカキノカミとも称される）とアマテラスは八百万《やおよろず》の神を集め、アマテラスは『葦原中つ国には強い荒ぶる神々がいるので平定したい。誰を派遣して服従させるのがいいか』と尋《たず》ねた。神々は『アメノホヒを遣わすのがよい』と答え、アマテラスは、早速、アメノホヒを派遣した。ところが、三年たっても復命しなかった。

アマテラスは、次に、アメノワカヒコに弓と矢を与えて派遣したが、これも失敗した。アマテラスは、さらにアメノトリフネをそえて、タケミカヅチを派遣した。この二神は出雲の伊那佐《いざさ》の小浜に降りた。タケミカヅチは十掬《とつか》の剣を抜き、逆さまに波頭に突き立て、剣の先にあぐらをかいて、オオクニヌシに『アマテラスとタカキノカミにより遣わされた使者である。そなたが領有する葦原中つ国は、わが御子が支配すべきだとのお言葉である。そなたの考えはどうか』と尋ねた。

オオクニヌシは、『私は申し上げることができません。わが子のコトシロヌシが答えを申しましょう。しかし、今は鳥や魚を捕るために美保《みほ》の岬に行ってまだ帰ってきません』といった。それでアメノトリフネを美保の岬に遣わしコトシロヌシを召しつれてきて、タケミカヅチがあらためて尋ねた。コトシロヌシは、父のオオクニヌシに『恐れ多いことです。この国はアマテラスの御子に差し上げましょう』といって、すぐに乗ってきた船を踏み傾け、天の逆手の拍手を打って船を覆し、青柴垣《あおふしがき》に変えて、その中に隠れてしまった。これが、古事記にある国譲りの神話だ。日本書紀にも、同じことが、書かれている。こちらの方は、古事記に比べて、優しいが、国譲りであることに変わりはない。高天原《たかまがはら》の神々は、使者を出雲に派遣して、オオクニヌシに、こういっている。『そなたが、治めている葦原中つ国の統治は、これから、われわれ高天原の大神《おおみかみ》の子孫（皇孫）が行うことにする。その代わり、そちは幽界の神事をつかさどってくれ。そのために、天日隅宮《あまのひすみのみや》を建ててつかわそう。長い丈夫な縄で柱を何回も結いつける。その宮を造る基準は、柱は高く太く、板は広く厚くしよう。また神田《しんでん》も提供しよう。そなたが行き来して、海で遊ぶときのために、階段や浮き橋、それに天鳥船という船も造ってやろう。また高天原の天安河《あまのやすかわ》に橋もかけよう。何回も縫《ぬ》い合わせた白楯も作ろう。そなたを祀る責任者はアメノホヒとする』。これを聞いてオオクニヌシが、答えた。『天つ神の言葉は、まことに丁寧だ。だから天つ神の命令に従おう。私が、治めている現世の地上世界は、天つ神の大神の子孫が治められたらよい。私は退いて、幽界を治めよう』これが、古事記と日本書紀に書かれた、国譲りの神話だよ。それに美保の岬は実在するし、今でも、美保神社で、漁船を使った神事が行われている。従って、国譲りは、行われたんだよ」

「それは、古事記と日本書紀の記述だけだろう」

と、犯人の斉藤が反論する。

「出雲国風土記によれば、オオクニヌシは、北陸の一部を平定して帰国したあと、長江山《ながえやま》で、こう宣言している。『自分が国造りして領有する国は、天つ神の大神の子孫が統治するに委《まか》せるが、この出雲だけは、自分の魂を静かにとどめる国として、青垣山を巡らし、玉のごとく愛して守ろう』とね。つまり、自分の占領地は、高天原に統治を委せてもいいが出雲は、絶対に守ると宣言しているんだ。それなのに、簡単に、国譲りなどしたはずがないんだ」

「出雲国風土記は、たかが、地方の歴史書だろう。その点、古事記も日本書紀も国史だ。書かれていることの重味が違う」

「何をいうか。出雲国の記述については、出雲国風土記の方が、正確だ。第一、古事記は、七一二年、日本書紀は七二〇年に作られているのに対して、出雲国風土記は七三三年だ。記紀の誤ちを正すために書かれていると考えるのが妥当だろう」

記紀と、出雲国風土記のどちらの記述が正しいか、論争になり、結着がつかないので、十五分間の休憩に入った。

百竹は、まだ、一言も発言していなかった。

2

第二段で、スサノオの名前が、問題になった。二人の犯人が、「これは、出雲王国を占領した大和《やまと》朝廷の占領政策だ」と、主張した。

「スサノオは、アマテラスの弟だといわれている。記紀によれば、スサノオは、乱暴なので、アマテラスによって、高天原を追放され、出雲にやってきた。出雲の人たちは、ヤマタノオロチに苦しめられていたので、スサノオは、ヤマタノオロチを退治し、出雲国を治めるようになった。中には、オオクニヌシは、スサノオの子だと書いたものさえある。しかし、おかしいではないか。スサノオは、アマテラスの弟なのだ。その弟、あるいは、その子孫が統治していた出雲国である。その出雲国に対して、国譲りを迫るというのは、どう考えても不自然だろう。姉が弟に対して、国譲りを迫ったというのだから。姉弟の間が険悪だったとも考えられない。現在、日御碕《ひのみさき》神社には、アマテラスとスサノオが、仲良く祀られているからだ。こう考えると、奥出雲、特に木次線の沿線に、スサノオを祀る神社が多いのは、出雲を占領した大和朝廷が、被征服者の出雲の人々の気持ちを、欺《だま》すために、当時、英雄として名前の知られていたスサノオを利用したとしか考えられない。従って、われわれは、スサノオの話は、すべて、作られたものと考える。その架空の英雄譚《たん》で作られたスサノオ神社は、廃棄しても構わないはずだ」

と、犯人の斉藤が、いい、もう一人も、

「スサノオ伝説が、信用できないことになれば、国譲り神話も信用できない。われわれは出雲王国は、大和朝廷によって、力で征服されたと考えている。それを美化しようとして、嘘《うそ》の国譲り神話が作られ、スサノオの名前が使われた。今こそ、嘘でかたまった記紀神話を、正して、正しい神話を作るべきだ。われわれは、そのための戦いを中止しない」

「少しだけ、意見をいわせて欲しい」

と、十津川が、初めて、口を開いて、

「スサノオのオロチ退治も、やたらにスサノオの神社があるのも、すべて占領政策だという。確かに、大和朝廷の占領政策かも知れない。しかし、出雲の人々も、それを受け入れたんじゃないか？　どこかに、スサノオの名前を受け入れる根拠があったんじゃないか。私は、そんな風に考えてしまうんだが」

それに対して、斉藤が、小さく首をすくめた。

「十津川さんは、神話というものを、大らかで、ロマンチックなものだと、思い込んでいるみたいだが、兄弟の殺し合いが書かれていたりして、怖いものだよ。それに、スサノオの場合は、英雄譚だったり恋人をめとる話で、どれもこれも賞讃《しょうさん》に彩《いろど》られている。けなす話はないんだ。それも、おかしいんだよ」

犯人の二人は、スサノオに関する記述は、すべて、作られた英雄譚だという主張を、崩さなかった。

十津川が、二人の顔を見ていたのは、そのためではなかった。

犯人たちが、十津川の会合への出席を拒否しなかった理由を考えていたからだった。

出席する人数を何人にするか、また、どんな人間にするかについて、警察側は、ほとんど、犯人側に対して文句をつけなかった。犯人が、二人しかいないということもあったが、何とか、彼らを説得しなければならなかったからである。

逆に、犯人側は、さまざまな要求を口にし、警察側の出席者について、条件をつけてきた。

それなのに、地元の警察ではない十津川に対して、よく、出席を、オーケイしたと、不思議だった。百竹研について、経歴まで出すようにいったのに、十津川については、警視庁の警部というだけで、警察手帳を見せろということもなかったのである。

簡単にいえば、犯人たちの対応が、「よくわからない」のだ。

喉が渇くのか、犯人の二人は、しきりに、缶コーヒーや、缶ジュースを飲む。

十津川も、缶コーヒーに、手を伸ばした。同行した川口警部もである。

そんな中で、主役の百竹だけは、缶コーヒーにも、缶ジュースにも、手を伸ばそうとしなかった。

眼をつぶって、双方の主張を聞いているように見える。

犯人たちの要求や主張は、相変わらず強硬で、妥協を許さないように見えた。

百竹は、そんな犯人二人を説得して、六十人の人質を釈放することが、できるのだろうか？

そんな百竹が、突然、

「地名だよ」

と、いった。

一瞬、何をいったのかわからず、川口警部が、

「何ですか？」

と、聞き、犯人の一人は、

「地名って、出雲のどこのことだ？」

と、百竹を睨《にら》んだ。

「出雲市佐田町《さだちょう》という所がある」

と、百竹が、いった。

「この佐田町に、須佐《すさ》地区という場所があって、スサノオが、『ここはよい所だ』と、気に入って、自分の名前をつけたといい、須佐神社が造られた」

「そんなことは、誰でも知っている。だから、スサノオを祭る神社があっても、当然だというのか？」

犯人の斉藤が、また、百竹を睨んだ。

百竹は、笑って、

「そうじゃない。逆だといってるんだ。この出雲市佐田町須佐地区という地名が、スサノオが、『ここはよい所だ』といったので、須佐地区と呼ばれるようになったんじゃなくて、逆に、この地区を支配した者がいたので、その者を『須佐の男』と呼ぶようになった。そのため、スサノオという名前の神が生まれたと、私は、考えているんだよ。スサノオがいたから須佐という地名が生まれたのではなく、須佐の地に、有力な支配者がいたので、スサノオと呼ばれ、この男と同じような、治山、治水の英雄を、スサノオと呼ぶようになったのだよ」

「すぐには、信用できないな」

と、川口が、いった。それに対して百竹は、

「斐伊川《ひいかわ》の流域には、二十ケ所ものオロチ退治の伝承地がある。そんなに多くの場所で、オロチ退治があったわけではない。斐伊川が暴れ川で、各地で、人々は、水害に悩まされていた。そんな時は、治山、治水に功績のあった人間が、英雄になる。多分、斐伊川二十ケ所で、そうした英雄が出たので、その人たちを、スサノオと、呼んだのだ」

「しかし、日本書紀では、スサノオは、高天原を追放されたあと、新羅国《しらぎ》に行き、そのあと、舟で出雲に来たことになっている。何かの英雄の代名詞でなく、アマテラスの弟のスサノオだと思うがね」

と、川口。彼も、島根県警の警部なので、神話については、勉強しているのだろう。

「古事記には、出ていないし、日本書紀でも、本文にはなくて、別文だ。もちろ

ん、日本海を通じての出雲と、朝鮮半島との交流は、盛んだったから、朝鮮から、何人もの人間が、船でやって来ているはずだ。その中には治山、治水の新技術の持ち主もいるだろうから、スサノオの一人になっていたと思うね。その証拠に、島根県大田《おおだ》市に、韓神《からかみ》新羅神社があって、祭神はスサノオになっているが、この神社の本当の祭神は、誰が考えても、半島からの渡来人だ。アマテラスの弟のスサノオのはずがない。今、君たちが問題にしているスサノオの神社の多くは、私にいわせれば、須佐の男を祀る神社だ」

と、百竹は、二人の犯人に向かっていった。

もちろん、これだけで、犯人たちが、承知して、人質解放を、約束するはずがなかった。

十津川も、聞いていて、百竹の話は、面白いが、犯人たちを、納得させるとは、思えなかった。

「オオクニヌシが、二百八十九神社、スサノオが三百六神社だ」

と、犯人の一人が、いった。

「スサノオ神社の方が、十七社も多いんだ。それを、どうかしてくれない限り、われわれは、人質を、解放しないからな」

「当たり前だ」

と、もう一人も、百竹に向かって、いった。

(まずいな)

と、十津川は、不安になった。

「スサノオ」は、須佐の男たちの代名詞という説明だけでは、とても、犯人たちは、人質を解放しないだろうと、思ったからである。

そんな十津川の心配をよそに、百竹は、

「まあ、そんなところだろうな」

と、他人事みたいに呟《つぶや》き、やおら、DVDプレイヤーのスイッチを入れた。

「君たちに、まず、いっておきたいことがある」

と、犯人二人に向かって、いった。

「出雲という狭い地方だけ見て、スサノオの神社と、オオクニヌシの神社の数を比べている。なぜ、もっと、広い視野で、見ないのかね?」

「われわれの要求は、それだけではない。さっきもいったように、国譲りの神話についても、真偽を、提起している」

「そのことにしても、まさか、アマテラスが、本当に、オオクニヌシに、国譲りを迫ったと思っているわけじゃあるまい。大和朝廷が、出雲王国を滅ぼしたのは、神話時代でなくて、崇神《すじん》天皇の時代ということも、わかっているはずだ。それなら、崇神天皇の時代に、どんな国譲りがあったのか、を調べる必要が、あるだろう」

百竹は、急に饒舌《じょうぜつ》になった。

「あんたは、それを調べたのか？」

逆に、犯人の一人が、聞く。

「私のやり方で、考え、調べたよ。まず第一は、日本全体の中で、出雲王国というものを、考える必要がある。それを調べた」

「大口を叩《たた》く前に、調べたことを、話してみろ。われわれが、感心しなければ、この話は、終わりだ」

と、犯人が、いった。

「では、出雲神話というものが、出雲周辺だけではなく、日本全体に広がっていることを、知る必要がある。それを知れば、出雲を抜け出して、日本全体に、視野が、広がっていく」

百竹は、十インチの画面に、一つの神社を映し出した。

「これは、北海道の新十津川町《しんとつかわ》にある出雲大社だ。正確にいえば、いずもおおやしろだ。もちろん、祭神は、オオクニヌシだ。日本の北にもオオクニヌシを祀る神社があるということだよ」

続いて、別の神社を、画面に映した。

「この神社は、南の長崎にある諏訪《すわ》神社だ」

「出雲大社じゃないのか？」

「よく聞きたまえ。この神社は、十月七日〜九日のおくんちで有名だが、祭神は建御名方神《たけみなかたのかみ》と八坂刀売神《やさかとめのかみ》だ」

「オオクニヌシではないのか？」

と、犯人の一人は、呟いてから、急に気付いた感じで、

「タケミナカタというと、オオクニヌシの？」

「そうだよ。オオクニヌシには、二人の子供がいる。それがコトシロヌシとタケ

ミナカタだよ。古事記では、国譲りの神話のところに、出てくる。『タケミカヅチは、オオクニヌシに尋ねた。「今、お前の子コトシロヌシは、この葦原中つ国を天つ神の御子に献上するといったが、他に意見をいう者がいるか」オオクニヌシは「もう一人、わが子タケミナカタがいる。その他にはいない」と答えた』このあと、力自慢のタケミナカタと、タケミカヅチが争って、タケミナカタが、逃げ、タケミカヅチが追いかけるんだが、古事記では、その辺を次のように記《しる》している」

百竹は、コーヒーを一口飲んでから続けた。

「信濃《しなの》の国の諏訪湖《すわこ》のほとりに追い詰めて、タケミカヅチは、タケミナカタを殺そうとした。タケミナカタは『どうか、殺さないでくれ。おれはこの地から他の土地には行かない。父オオクニヌシの言葉に背くこともしない。コトシロヌシの言葉にも背かない。この葦原中つ国は、天つ神の御子の言葉通りにすべて献上しよう』といった。これが、古事記にある言葉だ」

「そのあと、タケミナカタは、どうなったんだ？」

と、もう一人の犯人が、聞いた。

「ここまで逃げて、降伏したので、ここに諏訪大社が建てられた」

「その神社なら、よく知っている。巨木の上に氏子が乗って、急坂をすべりおりる祭りを、テレビで見たことがある」

「これが、その祭り、御柱祭《おんばしらさい》だ」

百竹は、それを画面に映し出してから、話を進めた。

「上下《かみしも》二社の神社だ。上社は長野県諏訪市と茅野《ちの》市に、下社は同県諏訪郡下諏訪町にある。タケミナカタノカミとヤサカトメノカミを祀っている。諏訪信仰の中心で、創建は古くタケミナカタの末裔《まつえい》とされる諏訪氏が、歴代奉仕してきた。上社は前宮《まえみや》と本宮《ほんみや》、下社は春宮《はるみや》と秋宮《あきみや》で形成され、上社の例祭では、本宮から前宮へ神輿《みこし》を移す祭儀が行われる。下社でも神体が春宮と秋宮の間で移される。とにかく、盛大な祭事が行われるのだが、その神社の祭神が、オオクニヌシの第二子のタケミナカタなんだよ」

「しかし、タケミナカタは、高天原に負けて降伏したわけだろう。そのタケミナカタを、どうして祭神にして、大社を建て、盛大な祭りを、続けるんだ？」

「君たちは、それを調べなかったのか？」

「奥出雲と、スサノオに拘《こだわ》ったからな。それに、出雲大社の名前ではなかったからね」

「視野が狭いんだな。それなら、諏訪信仰というのも知らないだろう？」

「信仰が、関係があるのか？」

「長野県（信州）の諏訪大社を中心に、全国に広がっている民間信仰だ。大社の祭神タケミナカタ、ヤサカトメは、大和朝廷に屈した出雲系の神とされ、古くから尊敬を集めていたんだ。それに、タケミナカタは、力自慢の勇者だったので、初めは狩猟神として崇敬され、のちに、武神とされ、日本第一の軍神と呼ばれている。また漁民、農民の信仰を集めていたといわれるんだ」

「つまり、反大和朝廷というわけか？」

「正しくいえば、大和朝廷と戦った出雲族のリーダーに対する全国的な尊敬だろうね」

「どうして、そんな空気が、生まれたんだ？　高天原と、出雲の戦いなのに」

と、犯人が、聞く。

「私は、大和朝廷と出雲王国の間に、戦いがあったのは、崇神天皇の時だと考えている。記紀によれば、この時代、四道《しどう》将軍を派遣して、大和朝廷の領地を広げ、財政制度を確立したといわれるんだ」

「この時に、出雲王国も、攻め滅ぼされたというわけか？」

「大和朝廷としては、出雲王国は、もっとも手に入れたい王国だったと思うね」

と、百竹はいった。

「どうして？」

「出雲は、当時、高志《こし》（新潟を含む北陸地方）とも交易があり、大和地方とは別の日本海文化圏を作っていた。地理的に見れば、日本海を通じて、北陸、九州、朝鮮半島とつながっていたし、斐伊川により、吉備《きび》ともつながっていた。つまり、出雲を手に入れれば北陸、九州、吉備だけでなく、朝鮮ともつながる。大和朝廷としては、そのことに気付いて、出雲を手に入れようとしたんだと思うね」

「それで、国譲りの要求だったわけだが、実際には、どんな形で、戦いになったんだ？」

「崇神天皇は、出雲大神の宮にある神宝を見たいと、いったが、神宝を守る役人が留守だった。それでも天皇は、どうしても神宝を見たいとヤマトタケルを派遣する。イズモタケルが、彼を迎えるが、二人が斐伊川で水浴したあと、ヤマトタケルが、ひそかに、イズモタケルの剣を、木刀とすり替えておいた。そのため、ヤマトタケルは、イズモタケルを討ち果たすことができたと、いわれている」

「それは、明らかに、騙《だま》し討ちだ」

「その通り、騙し討ちだよ。多分、こうした戦いが、崇神天皇の時、四道将軍の派遣によって、日本全国で起きていたんだと思う。崇神天皇は、ハックニシラススメラミコトと、呼ばれていて、これは、神武《じんむ》天皇と同じ称号なのだ」

と、百竹は、いった。

「神武天皇は、東征して、大和朝廷の建国者といわれているが、実在していないという説もあるから、崇神天皇が、実在の神武天皇ということになるのかな？」

と、犯人が、聞く。

「いや。もう一人、景行《けいこう》天皇がいる。景行天皇は、崇神天皇の第三皇子だが、古事記によればその皇子のヤマトタケルが、イズモタケルを殺したとある。また、景行天皇の二十七年、ヤマトタケルは、熊襲《くまそ》を討伐、四十年に東夷《あずまえびす》征討、駿河《するが》、相模《さがみ》、上総《かずさ》、日高見国《ひたかみのくに》を平定している。どちらの天皇の時、出雲国が滅ぼされたかはわからないが、記紀ではそれを、国譲りと称している」

「とすれば、国譲りの神事は、嘘だね。古事記と日本書紀は、ともに天武《てんむ》天皇のときに計画が始まっているから、成立の動機には強烈な国家意識が働いていると見るべきだな。出雲王国を攻め滅ぼしたとするのは、まずいので、国譲りにしたんだ。実際には、出雲王国は、オオクニヌシ、コトシロヌシ、タケミナカタたちが、最後まで戦った。それが、正しいんだろう？」

「オオクニヌシの第二子は、諏訪まで戦いながら、逃げている。敗北したが、諏訪大社に祀られた」

「それが、諏訪信仰というわけだろう？　もう一度、説明してくれ」

と、犯人二人が、同時に、いった。

「長野県の諏訪大社を中心にして、全国に広がった信仰だ。大和朝廷に屈しなかった出雲系の神として、尊敬と信仰を集めたといわれる」

「長崎にも、諏訪神社があって、祭神は同じ、タケミナカタなら、この神社も、諏訪信仰で生まれた神社だな」

「もちろん、そうだ」

「日本全国で、何社あるんだ？」

と、犯人が、聞く。ここまで来ると、明らかに、百竹の話に、引きつけられているのが、わかった。

「五千社以上といわれている」

「五千？」

「そうだ。日本全国に、大和朝廷に反抗した出雲の神を尊敬する神社が、創建されたということだよ。それが、五千以上だ。それなのに君たちは、たかが、五、六百の数の神社について、大さわぎをしている。バカらしいとは、思わないのか？」

「確認したいが、反大和で、出雲系の神々を尊敬して建てられた神社が、本当に五千以上もあるんだな？」

「そうだ」

「信じていいのか？」

「信じられるようにしてやる。よく見るんだ」

百竹は、ＤＶＤを取り替え、その五千以上という諏訪大社系の神社を、一社ずつ、プレイヤーの画面に映していった。

十津川は、最初のうちは、興味を持って見ていたが、途中で疲れてしまい、眼を閉じてしまった。

何分かして、眼を開けると、まだ、ＤＶＤは続いていた。反射的に、十津川は、二人の犯人を見た。

二人が、疲れて、眼を閉じていたら、人質の解放は、難しいと思ったのだが、

（まだ、興味を持って見ている）

それを見つけて、十津川は、ほっとした。

夢中でＤＶＤを見ている二人の犯人に向かって、百竹が、優しく、いった。

「他にも、出雲が、大和に勝っていることがある。それは、オオクニヌシや、コトシロヌシの優しさだ。スサノオは、武勇の神にしかなれないが、オオクニヌシは、大黒天になれるし、コトシロヌシは、恵比須《えびす》になって、親しまれている。日本人で、エビス、ダイコクを知らない者はいないだろう。それを考えたら、五千どころじゃない。日本の人口一億二千万人のうち、成人が一億人としても、一億が、エビス、ダイコク、つまり、コトシロヌシと、オオクニヌシが好きだという

ことになる。これでも、まだ、六十社のスサノオ神社に拘《こだ》わるのか？」

「――――」

答はない。犯人たちが、まだ夢中で、ＤＶＤを見ているからだった。

怒る代わりに、百竹は、微笑した。多分、これで、勝ったと信じたからだろう。

十津川は、「これで、事件は終わった」と思った。

3

しかし、すぐには事件は、終わらなかった。

長いＤＶＤを見終わったあと、二人の犯人は、人質六十人を解放することを、約束したが、別に、いろいろと、要求を出してきたからだった。

川口と、十津川の二人の警部は、あわてなかった。

犯人たちは、このトレインジャックをやめると約束した。だから、ある程度の言い分は、聞いてやろうと、二人の警部は、決めたのである。

犯人たちの要求の第一は、少しばかり、変わっていた。

二つの録音機に録音された音声を、できれば、一冊の本にして貰いたいというのである。

十津川が、出版社に頼んでみるというと、犯人の一人が、いった。

「自分たちは、当然、有罪になり、刑務所へ入ることになるから、その時、録音から本にしたものを、読みたい」というのである。

第二の要求は、このあと、自分たちは、逮捕され、出雲署に連行されるだろうが、パトカーではなく、木次線の列車で、護送して欲しい。それも、三井野原駅から乗って、三段スイッチバックを下って、行きたい。今後、しばらくは、木次線に乗れないし、三段スイッチバックを味わえないからだというのである。

十津川と川口は、相談して、どちらの要求にも応じると回答した。

このあと、三人の犯人は、正式に降伏した。

川口が、木次駅にいる県警本部長に、連絡した。

とたんに、息をひそめて、様子を窺《うかが》っていたすべての人間が、動き出した。まず、現場周辺にいた刑事たちが、動いた。

終点の備後落合《びんごおちあい》に集まっていた刑事たちが、三井野原駅に向かい、辿《たど》り着くと、三人の犯人を逮捕し、六十人の人質に、事件が終わったことを話した。

犯人の一人が、手錠をかける十津川に向かって小声で、いった。

「人質の中に亀井刑事がいます。よろしく、いって下さい」

そうかと、十津川は、思った。自分がなぜ、選ばれたか不思議だったのだが、どうやら、犯人側が、十津川のオーケイをしたらしい。

十津川は、すぐ、人質たちの乗っている車両のところに走った。

運転士と、人質たちは、車両の中にいたが、亀井刑事だけが、外に立っていた。

握手をしてから、

「大変だったね」

と、十津川が、いった。

「犯人の一人が、途中から、優しくなったので、これなら殺されないと見て、安心はしていました」

と、いった。

「その犯人だと思うんだが、君によろしくといっていたよ」

「そうですか」

と、亀井が、いったとき、運転士が大声で、出発すると叫んだ。

「健一が、一緒なので、先に行きます」

と、亀井が、車両に乗り込み、動き出した。事件が終わって、最初に動く車両になった。

十津川は、部下の刑事たちの待っている所へ、ゆっくり歩いて行った。というより、向こうから、途中まで、迎えに来た。そこから、十津川たちは列車を使わず、車で木次の町まで、帰ることにした。

翌日、木次は、人で、あふれた。

三人の犯人は、松江市にある県警本部に送られたが、事件解決の報告は、木次署で行われることになったからである。

そのため、報道陣が、木次に集まったのだ。

地方の新聞、テレビだけでなく、中央の新聞、テレビも、やってきた。

その中に、旅行作家の高木英介もいたのだが、後ろ楯《だて》のいない彼は、さすがに、影がうすかった。

そこで、高木は、十津川に接近することにした。十津川は、警視庁の刑事だが、ここでは、よそ者である。従って、近づくチャンスは、あると読んだのである。

報告会は、島根県知事の言葉で、始まった。

「昔から、出雲は、神話の宝庫といわれてきました。古事記、日本書紀にも、出雲は出てきますし、また、出雲国風土記にも、載っています。しかし、いわゆる出雲神話の中にある国譲りの神話については、以前から、問題がありました。高天原から、国譲りの要求を受けたオオクニヌシと、子のコトシロヌシは、すぐ、出雲国を差し出したという話の他に、抵抗したが、結局、差し出したという話もあり、中には、最後まで戦ったという話もありました。神話の時代のことなので、深く考えずに過ごしてきたのですが、この神話の問題で、今回、トレインジャックが、起きました。詳細については、県警本部の担当者が、報告しますが、知事としては、無事、解決してほっとしております。今後は、出雲神話、特に国譲りの神話について、有識者の意見を聞きたいと、思っています」

続いて、県警本部長が、今回の事件の問題点について説明した。

木次線が、トレインジャックされ、乗客五十九人と、運転士一人の六十人が、人質になったこと。犯人たちは、スサノオ神社を、六十社廃棄することを要求した。二人の犯人と、県警の警部一人と、警視庁の警部一人の二人が、話し合うことになったといい、最後に、県警の川口警部と、警視庁の十津川警部が、担当した。

この二人が、犯人側を、どう説得したかを、報告することになった。

不思議なことに、なぜか、百竹研の姿はなく、問題のＤＶＤは、二人の警部が、巨大なテレビ画面に映し出して、説明した。

高木は、十津川が、県警の川口警部と、事件の解説を担当してしまったので、つかまえることが、できなかった。

（参ったな）

と、思ったとき、背後から、突っつく者がいた。

振り返ると、小柄な中年だった。が、大きな帽子をかぶっているので、顔がわからない。

高木は、屈《かが》み込んで、相手の顔を、のぞき込んだ。

「何んだ。百竹先生じゃありませんか」

「とにかく、この場から逃げよう。息苦しくなった」

と、百竹が、いった。

「しかし、一応、メモを取っておかないと」

「あとで、私が、全部、教えてやるよ」

と、百竹が、いう。

高木を、引っ張るようにして、マスコミの輪を抜け出すと、少し離れたカフェに飛び込んだ。

こちらは、閑散としている。客は、一人もいない。

コーヒーを注文してから、百竹は、帽子を取り、小さく伸びをした。

高木は、まだ、首をかしげて、百竹を見ていた。

「先生が、犯人を説得したんでしょう？　それなのに、なぜ、報告の席にいないんですか？」

と、聞く。

「ああいう席は、苦手でね。それに、喉が渇いてね」

百竹は、運ばれたコーヒーを、うまそうに飲んでいる。

「しかし、先生が、説明すべきでしょう？」

「いや、説得に使ったDVDも、話し合いを録音したボイスレコーダーも、警察に渡してきたから、私よりも、うまく、説明するよ」

「私はどうしたらいいんです？」

「君には、プレゼントがある」

百竹は、大きめの封筒を、高木の前に置いた。

高木が、中身を取り出すと、諏訪大社や、諏訪神社のDVDと、ボイスレコーダーだった。

「それを全部使えば、今回の事件の全貌が、わかるよ」

と、百竹が、いった。

「勝手に使ってもいいんですか？」

「構わないよ」

「どうして、私に、これを、くれるんですか？」

「そうだな。君が一番ふさわしいと思うからだ」

「よく、わかりませんが」

「日本神話、特に出雲神話というものは、神話といっても、一つの歴史なんだ。

今回、トレインジャックになってしまったので、大新聞やテレビは、大きく取り上げるだろうが、じっくり神話について考えることはしないと思っている。その点、君の意見を、大マスコミが取り上げるとは思えない。自然に、君は、小さな舞台で、じっくり、今回の事件と神話について、考えることになる。それは、私の希望でもあるから、君に委せるんだ」

と、百竹は、いった。

「大マスコミは、私を相手にしませんか?」

「私の見るところ、まず、相手にしないだろうね」

「今、先生から頂いた、DVDやボイスレコーダーを見せれば、マスコミが、食いついてくるんじゃありませんか?」

「可能性は、五パーセントかな。しかし、君はそんなことはしないだろうし、もし、そんなことをしたら、私が、すべて、盗まれたものだと、発表する」

と、百竹が、いった。

「そろそろ、東京に帰りませんか」

と、高木が、苦笑する。

「あと、三十分」

「誰かを、待っているんですか？」

「一緒に新幹線で帰ることになっている。東京まで、長いので、その間、私の話を聞きたいそうだ」

そのあと、三十数分して、入って来たのは、十津川だった。

席に着くと、コーヒーを頼んでから、

「やっと解放されました。ああいうのは、苦手で」

と、いう。

「十津川さんと一緒にいた刑事さんたちは、もう、帰ったんですか？」

と、百竹が、聞いた。

「今は、もう新幹線の中でしょう。亀井刑事は、休暇があと一日あるので、健一君を、今度は、出雲大社に連れて行くそうです」

と、いい、コーヒーを、うまそうに、飲んだ。

間を置いて、百竹が、帽子をかぶり、

「そろそろ、出ましょうか」

「百竹先生に、出雲神話について教えて頂くのを、楽しみにしています」

と、十津川が、いうと、高木が、負けずに、

「私は、十津川さんに、いろいろと、聞かせて貰いますよ」

と、いい、今日初めて、うれしそうな顔になった。

解説

山前《やままえ》　譲《ゆずる》
（推理小説研究家）

一九七八年十月に刊行された『寝台特急《ブルー・トレイン》殺人事件』を始発駅とする西村京太郎氏の鉄道ミステリーは、今もなお疾走中だ。そのパワフルな創作活動には驚かされるばかりである。必然的に十津川警部とその部下たちは、事件解決のため日本各地を駆け回ることになるのだ。

当初は『特急さくら殺人事件』や『寝台特急あかつき殺人事件』のような、列車名をタイトルに織り込んだ作品が旅情をそそっている。当時の国鉄は赤字に苦しんでいたが、寝台特急など長年走り続けている列車が多かった。ビジネスや観光での交通手段として鉄路は大きな役目を担っていたのである。馴染み深い列車が多かったに違いない。一九八七年にその国鉄が分割民営化され、一九八八年に青函トンネルと瀬戸大橋が開通すると、新しいユニークな列車も走りはじめるようになった。

一方、〈本線シリーズ〉の第一作である『宗谷本線殺人事件』が一九九〇年に刊行されると、路線名を織り込んだ西村作品が目立ってくる。

それまでにも、「内房線で出会った女」「殺意の『函館本線』」「愛と死の飯田線」「裏切りの中央本線」「死への旅『奥羽本線』」「愛と殺意の中央本線」「死を呼ぶ身延《みのぶ》線」といった短編があったが、〈本線シリーズ〉の第二作『紀勢本線殺人事件』や『五能線誘拐ルート』、あるいは『怒りの北陸本線』と長編にも増えてきたのだ。また、『十津川警部　愛と憎しみの高山本線』や『謎と殺意の田沢湖線』のように、路線名をタイトルに織り込んだ作品だけでまとめた短編集も編まれている。

函館本線なら北海道、中央本線や信越本線なら長野県と、路線名のほうがより端的に舞台をイメージしやすいのは明らかだ。この流れが西村氏の長編でいわば幹線となったのは、二〇〇六年刊の『外房線60秒の罠』あたりからだろうか。

同年刊の『五能線の女』や『北リアス線の天使』以下、『羽越本線　北の追跡者』『びわ湖環状線に死す』『十津川警部　愛と祈りのJR身延線』『十津川警部　飯田線・愛と死の旋律』『赤穂バイパス線の死角』『十津川警部　哀しみの吾妻《あがつま》線』『哀切の小海線』『生死の分水嶺・陸羽東線《りくうとうせん》』などが刊行されている。実業之日本社文庫にも同時期の作品として『私が愛した高山本線』と『札沼線《さっしょう》の愛と死新十津川町《しんとつかわちょう》を行く』がある。

さらに、『十津川警部 雪とタンチョウと釧網本線』『十津川警部 高山本線の秘密』『十津川警部 仙石線《せんせき》殺人事件』『十津川警部 予土線《ローカル》に殺意が走る』などが書かれ、二〇一八年一月にジョイ・ノベルス（実業之日本社）の一冊として刊行されたのが本書『十津川警部 出雲《いずも》伝説と木次線《きすき》』だった。

木次線の二両編成の普通列車が、猟銃を手にした男たちに乗っ取られてしまう。犯人たちの動機はまさに前代未聞と言うべきものだった。人質となったのは運転手がひとりと五十九人の乗客……そこには亀井刑事と息子の健一少年も含まれていたのだ。十津川警部も捜査に加わるために木次線へと向かう。

木次線はJR西日本の路線だが、具体的にはすぐイメージしにくいかもしれない。山陰本線と接続する島根県の宍道駅から芸備線と接続する広島県の備後落合駅まで、八一・九キロの路線だ。単線で非電化だが、途中の三井野原駅は標高七二六メートルで、JR西日本管内では最高所駅である。中国山脈を縦断することになるからだが、となりの出雲坂根駅付近の三段式スイッチバックも有名だ。また、有名な松本清張作品の重要なキーワードとなっている亀嵩駅がある。

まず一九一六年、宍道・木次間が簸上《ひかみ》鉄道として開通した。一九三二年に国鉄の木次・出雲三成間が開業し、一九三四年に簸上鉄道が国有化され、一九三七年に全線が開通した。木炭や木材といった貨物の取り扱いが多く、山陰地方と中国地方を結ぶ重要な路線だったようだ。しかし、国鉄の分割民営化後は利用客が減る一方だった。

そこで着目したのが沿線に伝えられている出雲伝説である。一九九八年からトロッコ列車の「奥出雲おろち号」が行楽シーズンに走りはじめる。二〇〇七年には、木次駅の八岐大蛇《やまたのおろち》や出雲三成駅の大国主命《おおくにぬしのみこと》などと、伝説にまつわる愛称が駅に付与された。

木次線を舞台にした、いかにも西村作品らしいサスペンスフルな展開を見せる長編のメインテーマはその出雲伝説だ。物語のそもそもの発端は旅行作家の高木英介の、「奥出雲おろち号」の取材である。彼の精力的な取材ぶりには惹かれるに違いない。そして訪れた出雲横田駅に「旅のフレンド」と書かれたノートがあ

った。よくある思い出ノートだが、最後のページに、

出雲を愛する男

リミットは、ノートに聞け。

約束は必ず守る。

と謎めいた文章が書かれていたのが気になった。

東京に帰ってさらに出雲伝説を調べていく高木のもとに、出雲横田駅の駅員から小包が送られてくる。中に入っていたのはあのノートと一冊の本だった。ますます出雲伝説の世界にのめり込むなかで、木次線で事件が起こる。犯人たちのとんでもない要求とともに、我々も出雲伝説の世界に誘われていくのだが――。

『寝台特急殺人事件』の刊行から半年後の一九七九年四月から、テレビ朝日系で石立鉄男主演による『鉄道公安官』と題された連続ドラマがスタートした。第一回は『寝台特急《ブルートレイン》の少年』で、長崎行きの寝台特急「さくら」の車内で覚醒剤の密売団を追っていた。その冒頭に、東京駅で少年たちが寝台特急の写真を撮ってい

るシーンがある。

『寝台特急殺人事件』は週刊誌の青木が寝台特急で不可解な出来事に遭遇しているのだが、こう書かれていた。

青木が、自然に笑顔になったのは、ホームの前方に、カメラや録音機や、8ミリ撮影機を持った若者たちが群がっていたからである。大半が、小、中学生の、それも男の子たちだった。

最近、少年たちの間で、ブルートレインの愛称で呼ばれる夜行寝台列車の人気がすさまじいと聞いていたが、それを裏書きするような光景である。

西村氏の鉄道ミステリーが読者を獲得するのは必然だったかもしれない。ドラマの『鉄道公安官』は一年間にわたって放映され、西村作品を彩る列車もそこかしこに登場している。第二十一話の『秋芳洞に消えた女』は『寝台特急殺人事件』舞台である「はやぶさ」が登場しているので、とりわけ興味深い。

鉄道公安官こと鉄道公安職員は、国鉄民営化にあたって鉄道警察隊と改組されているが、国鉄の車内や敷地内での治安維持を担っていた。いわば鉄道の刑事で、『寝台特急殺人事件』ではほんのわずかしか登場していないが、『西鹿児島駅殺人事件』には自分を捕まえた鉄道公安官と刑事に復讐しようとする男が登場している。

鉄道公安官にいち早く着目したのは島田一男氏だった。一九五九年から東京中央鉄道公安室の捜査班長・海堂次郎を主人公にした長短編を発表している。それは西村作品に先行する鉄道トラベルミステリーの作品群だった。そして、一九六二年からテレビドラマの『JNR公安36号』がスタートし、途中で『公安36号』と改題して一九六七年まで続く。

そうした鉄道とミステリーの深い関わりをバックボーンに、西村作品は多くの読者を獲得したのだが、この『十津川警部　出雲伝説と木次線』はとりわけ異色作と言える。古代のロマンを背景にした作品には二〇〇九年刊の『吉備《きび》　古代の呪い』（のちに『十津川警部「吉備　古代の呪い」』と改題）などがあるが、木次線と出雲伝説を絡めての展開が異彩を放っているからだ。そして、古代史の欺瞞にこだわる犯人と十津川警部らのスリリングなやりとりのはてには、十津川シリーズとしてはこれもちょっと変わった解決が待っている。

本作品はフィクションであり、実在の個人および団体とは一切関係ありません。（編集部）

二〇一八年一月　ジョイ・ノベルス（小社）刊

実業之日本社文庫　最新刊

中得一美
嫁の甲斐性

晴れて年季が明け嫁いだが、大工の夫が大怪我。借金返済のため苦労を重ねる吉原の元花魁・すずの数奇な半生を描き出す。新鋭の書き下ろし新感覚時代小説！

な7 2

新津きよみ
妻の罪状

いちばん怖いのは、家族なんです――遺産相続、空き家、8050問題……家族関係はどんでん返しの連続。名手によるホラーミステリ7編収録のオリジナル短編集！

に5 2

西村京太郎
十津川警部　出雲伝説と木次線

スサノオの神社を潰せ。さもなくば人質は全員死ぬ！奥出雲の神話の里を走るトロッコ列車がトレインジャックされた。犯人が出した要求は!?（解説／山前　譲）

に1 25

羽田圭介
5時過ぎランチ

ガソリンスタンドの女性ベテランアルバイト、アレルギー持ちの殺し屋、写真週刊誌の女性編集者……三人が遭遇した限りなく過酷で危険な〈お仕事〉とは？

は12 1

睦月影郎
淫ら新入社員

女性ばかりの会社『WO』。本当の採用理由を知らされずに入社した亜紀彦は、美女揃いの上司や先輩を相手に、淫らな業務を体験する。彼の役目とは――。

む2 15

実業之日本社文庫　好評既刊

西村京太郎
十津川警部 鳴門の愛と死
十津川警部宛てに、ある作家から送られてきた一冊の本。それは一年前の女優強盗刺殺犯を告発する書だった。傑作トラベルミステリー。（解説・郷原 宏）
に1 1

西村京太郎
伊豆急「リゾート21」の証人
十津川警部は、一枚の絵に描かれた容疑者の完璧なアリバイを法廷で崩すことができるのか!? 緊迫の傑作長編トラベルミステリー！（解説・小梛治宣）
に1 2

西村京太郎
母の国から来た殺人者
事件のカギは母恋駅——十津川警部は室蘭に飛ぶが、犯人と同名の女性は既に死んでいた……。愛と殺意の連鎖を描く長編ミステリー。（解説・香山二三郎）
に1 3

西村京太郎
十津川警部 あの日、東海道で
東海道五十三次の吉原宿を描いた広重の版画が語る謎とは？「青春18きっぷ」での旅の途上で日下刑事が遭遇した事件との関連は？（解説・原口隆行）
に1 4

西村京太郎
十津川警部捜査行 殺意を運ぶリゾート特急
十津川警部の推理が光る、蔵王、富士五湖、軽井沢、伊豆、沖縄を舞台にした傑作短編選。これぞトラベルミステリーの王道、初文庫化。（解説・山前 譲）
に1 5

実業之日本社文庫　好評既刊

西村京太郎
十津川警部　八月十四日夜の殺人

十年ごとに起きる「八月十五日の殺人」の真相とは！謎を解く鍵は終戦記念日にある？　知られざる歴史の闇に十津川警部が挑む！（解説・郷原　宏）

に1 16

西村京太郎
十津川警部捜査行　阿蘇・鹿児島殺意の車窓

日本最南端の駅・鹿児島県の西大山駅で十津川警部の同僚刑事が殺された。捜査を始めた十津川に思わぬ妨害が…傑作トラベルミステリー集！（解説・山前　譲）

に1 17

西村京太郎
十津川警部　北陸新幹線殺人事件

北陸新幹線開業日の一番列車でなぜ男は狙われたのか——手がかりは太平洋戦争の戦地からの手紙に!?　十津川警部、金沢＆マニラへ！（解説・小梛治宣）

に1 18

西村京太郎
十津川警部捜査行　北の欲望　南の殺意

殺されたOLは魔性の女!?　彼女の過去に手がかりを求め、三田村刑事が岩手県花巻に向かうが……十津川班が奮闘する傑作ミステリー集！（解説・山前譲）

に1 19

西村京太郎
十津川警部捜査行　車窓に流れる殺意の風景

女占い師が特急列車事故が起きると恐ろしい予言をした。十津川警部が占い師の周辺を調べると怪しい人物が…傑作トラベル・ミステリー集。（解説・山前　譲）

に1 20

実業之日本社文庫 に1 25

十津川警部《とつがわけいぶ》 出雲伝説《いずもでんせつ》と木次線《きすきせん》

2021年10月15日　初版第1刷発行

著　者　西村京太郎《にしむらきょうたろう》

発行者　岩野裕一
発行所　株式会社実業之日本社
〒107-0062　東京都港区南青山5-4-30
CoSTUME NATIONAL Aoyama Complex 2F
電話［編集］03(6809)0473［販売］03(6809)0495
ホームページ　https://www.j-n.co.jp/
ＤＴＰ　ラッシュ
印刷所　大日本印刷株式会社
製本所　大日本印刷株式会社

フォーマットデザイン　鈴木正道（Suzuki Design）

ISBN978-4-408-55697-0（第二文芸）